U0590500

万物有信书系

土拨鼠给闪电写信

鲍尔吉·原野　著

C1S
PUBLISHING & MEDIA
中南出版传媒

湖南少年儿童出版社·长沙
HUNAN JUVENILE & CHILDREN'S PUBLISHING HOUSE

图书在版编目（CIP）数据

土拨鼠给闪电写信 / 鲍尔吉·原野著. –– 长沙：
湖南少年儿童出版社, 2025.5 （2025.9重印）
（万物有信书系）
ISBN 978-7-5562-7617-2

Ⅰ.①土… Ⅱ.①鲍… Ⅲ.①散文集 – 中国 – 当代
Ⅳ.①I267

中国国家版本馆CIP数据核字(2024)第090118号

土拨鼠给闪电写信
TUBOSHU GEI SHANDIAN XIE XIN

总 策 划：胡隽宓　　　　　　　监　　制：刘莎萍
策划编辑：周倩倩　　　　　　　责任编辑：周倩倩　余　佳
插画绘制：王晓旭　　　　　　　装帧设计：丁　汀
质量总监：阳　梅　　　　　　　排版制作：嘉伟文化 JARL.V CULTURE

出 版 人：刘星保
出版发行：湖南少年儿童出版社
地　　址：湖南省长沙市晚报大道89号　　邮　　编：410016
电　　话：0731-82196320
常年法律顾问：湖南崇民律师事务所　　　柳成柱律师
印　　制：长沙新湘诚印刷有限公司
开　　本：710 mm × 1000 mm　1 / 16　　印　　张：15
版　　次：2025年5月第1版　　　　　　印　　次：2025年9月第6次印刷
书　　号：ISBN 978-7-5562-7617-2
定　　价：35.00元

「　闪电只用一秒钟

　　就读完了所有的来信。　」

与万物对话的赤子之书

高洪波

　　我和鲍尔吉·原野是老朋友。多年前，我们还像《万物有信书系》中的骆驼和小叶椴树一样，以书信交往。近年来，他投身儿童文学创作，以草原为背景，书写游牧民族儿童故事，引发小朋友的喜爱。最让我赞叹的，当属三卷本的《万物有信书系》。他的散文集获得了鲁迅文学奖，有很高的成就，但鲍尔吉·原野的这套书超越了自己，成为他文学创作生涯弥足珍贵的巅峰之作，更是一座献给孩子们的斑斓多彩的文学宝库。

一、书信体中的灵魂交响

　　在《万物有信书系》里面，自然界的生命体与人类造物皆被赋予感知与情思，所有存在者平等而相通。这套书虚构了一个万物有灵有声的世界，同时也以非虚构的严谨书写了所涉之物的特性，展现真实的草原世界。它筑建了一个童话之境，也深沉讲述着现实，以奇谲而深邃的书写，创造自然文学的一道奇观。在我看来，鲍尔吉·原野最动人的创新，莫过于"书信体"的叙事形式，构建起一个跨越物种、贯通古今的灵性世界。北极星与瓦片辩论永恒，胭粉豆与蜘蛛争吵生命的哲学，黑桦树与风滚草探讨自由的边界……这些看似童稚的对

1

话背后，潜藏着一套完整的、源自游牧文明的宇宙认知——万物有灵，众生平等。这些看似天真的对话，实则是一场跨越物种的精神交响。原野以孩童般的纯粹视角，赋予万物平等的表达权：瓦片的裂痕是时光的印记，拴马桩的年轮藏着草原的故事，甚至被冰雹砸断尾巴的蜥蜴，也能在信中怒吼"可恨的天气"。这种叙事并非简单的拟人游戏，而是对"万物有灵"的深刻诠释。蒙古族的萨满信仰中，风有神的低语，山有魂的呼吸，微细的泉水与博格达山同样神圣。原野将这份古老的宇宙观融入现代童话，让工业社会的孩子重新学会倾听——听云雀歌声里的五线谱，读沙粒漂泊中的孤独诗。每一封信既是独立篇章，又是宏大叙事的拼图。这种结构暗合蒙古史诗《江格尔》的环形叙事传统——故事如草原溪流般自由奔涌，读者可随意翻开一封信进入独立世界，亦可串联所有篇章拼接出完整的生态地图。尤为可贵的是，书中留有大量"空白"：黄兔为何突然下落不明？沙粒最终是否找到内心归宿？这些开放式结局如同蒙古岩画的留白，激发小读者提笔续写，让阅读成为一场游戏扮演的创作体验。

二、游牧文明的智慧传承

作为蒙古族作家，原野的笔尖始终流淌着草原的血脉。书中，羌木伦河的波光、蒙古百灵的啼鸣、博格达山的沉默，不仅是背景，更是故事的灵魂。他借万物之口，将游牧民族的生存智慧娓娓道来——从马鬃预知暴雪，从星斗辨识方向，从旱獭洞穴判断地脉。这些智慧背后，是一套"天地人神共生"的伦理体系：自然不是被征服的对象，而是对话的伙伴。鲍尔吉·原野的笔触始终浸润着蒙古草原的苍茫与深情，讲述着生态的脆弱与坚韧：闪电和土拨鼠教会我们敬畏自然，摇篮提醒灯绳时光易逝，麻雀对土房子的留恋恰是对现代文明的温柔叩问。这些故事既是对茫茫草原的深情礼赞，也是关于生态教育的文学应答。在功利主义蔓延的今天，《万物有信书系》以童话之姿，让儿童学会与自然对话，更让成人重新审视自身与万物的关系——当我们以平等的目光注视世界，生命的交响诗便在耳边奏响。蒙古族的敖包祭祀、风马旗的飘动、奶食敬献山神的古老仪式，都在现代文本中以文学的方式重生。这种叙事策略，不仅是对儿童想象力的解放，更是对成人世界认知框架的温柔颠覆。这些细节，让蒙古族传统文化在童话中重生，既为儿童启蒙，也为成人提供了一面照见文明异化的镜子。

三、生命教育的复调启蒙

鲍尔吉·原野的创作承载着双重使命：对儿童，他以"万物皆师"的理念开启智性启蒙；对成人，他以童话为镜，叩问现代文明的困境。孩童会为闪电与土拨鼠的对话着迷，领悟敬畏自然的意义；会因摇篮对自由的渴望而触动，在想象中触摸生命的本质。而成人读者，则在这些故事中照见自己的影子——当都市人沉迷于碎片化信息，草原生灵仍用书信守护心灵净土；当人工智能虚拟万物，万度苏的瓦片仍在裂缝中讲述时光的诗篇。这种双向启蒙，让《万物有信书系》超越了年龄的界限，成为一部"写给文明"的寓言。

四、传统文化的现代回响

鲍尔吉·原野的语言美，笔下的句子自带音律，如蒙古长调般悠远，又如马头琴声般苍凉。试看：

"宁静就是不担忧，不悔恨，能开花就开花，不开花就沉默。"（《柳叶绣线菊给花栗鼠回信》）

"万物皆有神灵。一株草，身体里如果没住着神灵，怎么能在寒冷的高原生长呢？"（《黑颈鹤给冻原白蒿回信》）

这些文字既有蒙古谚语的凝练，又有现代诗歌的跳跃。喜鹊的信如短调民歌般欢快，蒙古栎树的独白带着长调的深沉，而上眼皮与下眼皮的俏皮对谈，则像一首复调童谣。这种语言风格，让文学重获萨满神歌般的召唤力——它不是描述世界，而是让万物在文字中重新显灵。

作为鲍尔吉·原野的老友，我掂量出这部作品的分量。它不只是一套儿童文学，更是一场重建人类与万物关系的心灵探索。翻开这本书，我们将重新学会——对一朵花说话，对一颗星许愿，对万物保持永恒的谦卑与惊奇。这是文学最本真的力量。随着城镇化建设的加速，牧区的儿童进入城里读书，他们眼前不再有羊群和马群，这套书也是鲍尔吉·原野送给孩子们的远去的草原，以及那里的满天星斗和无边的露珠。

我们都来写信吧

汪 政

大概每个一开始读到鲍尔吉·原野《万物有信书系》的人，不管是大读者还是小读者都会有一丝惊讶，小读者可能第一次看到书信，不是在传说中，而是在现实生活中，有人还在写信，并且写成了三大本书。大读者则会有种与老朋友久别重逢的感觉，那种过去在生活中我们时时牵挂的书信又一次来到了面前。

是啊，自从电话，特别是手机普及之后，书信渐渐从生活中消失了，一个古老的文体就这样没有了。而它曾经承载了多少代人的情感！杜甫的"烽火连三月，家书抵万金"，韩驹的"乡信未传霜后雁，羁怀生怯晚来钟"，刘克庄的"忽得远书看百过，眼昏自起剔残灯"……每一封书信都连着寄收两端的人与故事，而书信往来的时间更流淌着千回百转的情思。一种文体的诞生总是连接着生活的需要，而它的消失也带走了许多的况味。仔细想想，书信的消失岂止是一种通信的方式的终结？与它一起沉入历史深处的还有书信的审美，连同一种文学创作的方式。司马迁的《报任安书》，吴均的《与朱元思书》，林觉民的《与妻书》，歌德的《少年维特之烦恼》，卢梭的《新爱洛伊丝》，茨威格的《一个陌生女人的来信》等都是中外文学史上以书信形式独立成篇的经典，更不要说镶嵌在其他作品中或表达人物情感，或推动情节发展的那些无数封书信了。

所以，原野的《万物有信书系》给我的第一感受就是它的文体独特。原野显然有他创作上的考虑，他怎么会想到书信这一过去完成式的文体？为什么想到用它去创作书信体散文？为什么要用这种文体去给孩子们谈天说地？又为什么动员起这么多的主体——从自然万物到日常生活中的物品——来写信，这是一个多么热闹的浩荡的通信队伍啊！只是这个庞大的队伍里没有人，难道人都不会写信了？写信这一在人这儿丧失了的古老技能都被人之外的万物"偷"了？

不管出于什么原因，孩子们拿到这部书肯定会惊讶，接着是喜爱，爱不释手！

万物有信，是因为世间有万物，而且，万物有话要说。这是这部书信体散文内容上的特色，动物、植物，山川、河流，雨雪、雷电，日常什物……在信中，它们介绍着自己，描述着对方，谈论大千世界，叙写故事传说。只不过，这万物是草原的万物，是"万度苏草原"的万物。我们见到了帕米尔高原、巴丹吉林沙漠，矗立着的是博格达山，流淌着的是果尔果日河、乌力吉木伦河、西拉木伦河、哈拉乌苏河……辽阔的万度苏草原上白云朵朵，星光灿烂，牛羊成群，草木芬芳，它是动物们的乐园，是鸟儿和昆虫们的天堂。我们可以到牧民额尔敦木图家喝套马杆酒，去那木斯郎家吃手把肉，到毛瑙海家参加他儿子海山的婚礼，也可以看阿拉坦仓摔跤，听大仁钦唱歌，如果能到巴达荣贵家完整地体验一下牧民们的生活就更好了。

尤其令人着迷的是书信中所呈现的大自然。豆雁是什么鸟？朝鲜白头翁为什么叫朝鲜白头翁？田鼠在地下怎么生活？骆驼的快乐又在哪里……小到一粒沙，大到无边的草原，它们都拥有自己的生活，就像月牙给野蜜蜂的信中所说的："生物可能是一种思想，藏身于一片羽毛里，也可能是一个能量块，存在于一粒沙中。宇宙的一切物体都在运动，没有开始，没有结束。每一种物体都精妙地运行在自己的轨道上。"所以，冰雹给蜥蜴的回信中说："大自然所做的每一件事都是对的，大自然不会做错任何一件事。"我们都要听刺猬的话，它对花大姐说："尽量不去打扰其他动物、植物。"相信孩子们看了这些信，不但不会去打扰它们，而且会爱上它们的。

书里的每一封信都令人惊讶，都在打开一扇扇神奇的门。它是书信体的散文，更是一部童书版的草原百科全书。读了它，我们都会同意沙粒对云雀语重心长的叮咛："要博学，要懂得好多事。"但是，如果把书中写信人的话都当真，都以为世界就是这样的，那我们就上当了。黄鼬真的会祭祀，会为了法术去修炼？蒙古百灵说羌木伦河底有鱼儿们的宫殿，还有一个舞台，"鱼在上面跳鱼的舞蹈"，我们是不是要去一探究竟？如果我们看到苍蝇、车辙、红糖、鼠李花、雪兔、银耳环、炊烟、白唇鹿……都在写信，都在说话，我们就会恍然大悟，知道这是怎样的一个世界了。为什么说《万物有信书系》给我的第一感受是它的文体很独特，因为原野把书信体散文写成了童话。对此白乌鸦在给毛茛的回信中说得很明白，只不过它用的是"神话"这个说法。它夸奖毛茛"发现了世界上最重要的问题，那就是神话的存在"。而"关心神话的生灵有精神生活，这是高尚的追求"。它对神话的理解有五点：第一，神话世界没有约束，神话里的兔子可以在天上飞；第二，神话里的生灵不需要为吃喝奔波，这样可以省出时间欢乐地"搞恶作剧"，"追求精神生活"；第三，神话里的动物都是平等的，"老虎不一定打得过山羊"；第四，神话里的动物都会咒语，世界因之可以随意变化；第五，神话里没有黑夜，都是白天，这样，生灵们永远活力四射。可以说，这五个方面在《万物有信书系》中体现得非常充分，它所说的"神话"就是鲍尔吉·原野所创造的奇异的童话世界，真与假，虚与实交织在一起。它们可能是现实的生活，也可能是虚拟的天地，关键是我们能否分辨出真假，能否自由出入于现实与童话的不同世界中。这对小读者们是个考验。白乌鸦就对毛茛说进入神话世界很难，要考试。小读者不妨就将这次阅读作为进入童话世界的趣味考试吧。

《万物有信书系》不但是书信体散文，是童话，还是诗。勒勒车辙在给蒙古栎树的回信中称赞说："你的信像一首诗。"并且看上去没有理由却坚定地说，"尽管我没读过诗，但诗就应该是这个样子。"那么就看看蒙古栎树是如何给勒勒车辙写信的，它的信又是什么个诗的样子。蒙古栎树首先从白雾中的勒勒车辙写起，由车辙写到万度苏村的牧民们赶牛车去拉盐，着重描写了火的哥哥和火的弟弟赶车的过程和路上劳作与生活的场景。当兄弟俩千辛万苦经过两个月回来时，"他们的脸膛黑红发亮，笑容像带翅膀的小鸟，要从眼睛里飞出去。他们拉上了盐，回到故乡，好像连牛都在笑。"可见，劳动是最美的，劳动是天地间最美的诗。接着，蒙古栎树由车辙这种农牧文化的印记写到如今的过度攫取对草原的伤害。这是爱，对草原的爱，对自然的爱，而爱更是世界上最动人的诗。最后，蒙古栎树直接对车辙唱起了赞歌，将草原上的车辙比成了长调牧歌。"牧民唱的长调像哈达一样在天空翻转，最后落在草原上变成了车辙。""车辙的样子就像草原上的山坡，有优美的曲线。白云有优美的曲线，河流有优美的曲线。"可见美丽的语言就是诗，是最富感染力的诗。勒勒车辙说得对，它尽管没读过诗，但它知道什么是诗，它自己就会创作诗。它说蒙古栎树的信是诗，它的信又何尝不是诗！它在回信中回顾了车辙古老的历史，对车辙如同长调所诉说的命运嗟叹不已。它从路的限制想到了天空，想到了鸟的飞翔，想到了自由，它想变成小鸟，在小鸟的飞翔中，它进入了幻想："我觉得幻想才好，我刚才的幻想已经让我轻松了很多。"是啊，不管是面对命运与限制时富有哲理的感悟，还是对自由的渴望，以及进入幻想后的轻松，都是生命中最美的诗。不知道勒勒车辙有没有读到其他人的信，如果都看了，它一定会说，《万物有信书系》全部是诗。

写信是多么美好的一件事啊，让我们都来写信吧。把信写成散文，写成童话，写成诗。

目 录
CONTENTS

羊羔给马头琴写信

　　亲爱的马头琴，马知道你的名字是用他的头来命名的吗？昨天我把这个消息告诉了白马，他摇摇头，用鼻子蹭地上的青草。风把白马前额的鬃毛推向耳朵后面。我猜想白马的意思是难以置信。好在你只是一把琴，没做什么坏事。你要做的事情是歌唱。

　　说实话，你不像四胡，也不像托布秀尔。你的琴声像人用喉音歌唱，让我想起哈扎布的长调。我虽然是一只羊羔，但也知道这位大歌唱家。你的琴声完全能跟哈扎布媲美，我说的不是音色，也不是音域，是内涵。你好像和哈扎布长了一颗共用的心脏，你们在感受同一件事，所以你们抒发了相同的情感。

亲爱的马头琴，让我说心里话，我不愿在傍晚听到你的琴声，呜呜咽咽让我悲伤。一个人受了多大的委屈，才有那样的声音呢？好像他只把自己的委屈说出了十分之一，或者他什么也说不出来，只能用琴声表达心中的图景。像一条冰河在大雪里奔流，升腾白雾。落在两岸的白雪越堆越高，落进水里的雪花没了踪影。这条河越流越黑，两岸的树木凋零。冰河呜咽。

这种沉郁的琴声也能表达欢乐，牧民家生了孩子，请人拉起马头琴庆祝。琴声咿咿呀呀，好像这个婴儿在牙牙学语。亲爱的马头琴，你在琴弦上抹了松香，你的琴柱和共鸣箱来自博格达山的五角枫树。

入秋，金黄的枫叶全变红了，大地从来没有这么红过。而这些树里，有一棵变成了马头琴。所以你的琴声那么悠扬。枫树、松树、杉树收集了大自然奇妙的声音，最后用马嘶的音律唱出来。因为琴柱的顶端雕刻着马头。

亲爱的马头琴，如果拉琴的人不喝牛奶，不吃炒米，不住蒙古包，就传达不出你的韵味。这些演奏人用手握着钐刀，在秋天里打草。这些手冬天接羔，夏天攥着放羊鞭把羊赶向草场，经受烈日暴雨的锻造。拉马头琴的人是勤劳的牧马人，他们身上带着马的汗味，他们的目光凝视过马，马也把目光放在他们肩头。拉马头琴的人爱喝酒，他们擅长摔跤、射箭。所以，亲爱的马头琴，你是牧马人的另一副嗓子，你用琴声唱出他们的心声。

好多人听了马头琴声，说听见风吹过了草原。有人听到马蹄踏过大地，有人看见月光落在蒙古包的天窗上。琴声细腻而洁白，像沙子滚过帆布。

平时你挂在墙上，好像一个士兵怀抱着枪。你在墙上听牧民说话，听奶茶在铜壶里咕噜咕噜地响，听松树枝在煮羊肉的大锅底下歌唱，你就是牧民家里的一个人。他们的孩子叫斯琴、纳琴，而你叫马头琴。

爱你的羊羔

马头琴给羊羔回信

　　亲爱的羊羔，在我心目中，你是一朵柔弱的花，没想到你喜欢音乐，能认出制作马头琴的木材。做琴不光用枫木，还用松木、杉木和桐木。杉木和桐木透音性好。你知道吗？制作琴的木材分共鸣箱的背板和面板，背板木质硬，面板木质软一些。其实我们马头琴不太注重制琴的材料，而讲究演奏者的心性。有的乐器适合在剧场里演奏，我们马头琴不一样，适合在旷野中演奏，琴声里夹杂着风声和牛羊的呼喊。

　　马头琴的共鸣箱像一间房子，里面住着牧民。房子里面积攒了牧民说过的许多话。琴弓一旦碰到琴弦，这些话语就流淌出来。祖父的话、祖母的话、父亲的话、母亲的话，蒙古包里的衣服、被子、靴子，都在说话。马头琴不想进音乐厅，那里没有草场，也没有炊烟和奶茶。我们喜欢在空旷的地方演奏，头顶最好有浩瀚的星空。演奏的时候，你细心聆听，会察觉乐曲最后一个音飞到了星星上。

亲爱的羊羔，我们只有两根琴弦，就像草原上留下的两道孤独的勒勒车车辙印。我们熟悉马群的蹄音，一群马跑过，我们能听清每一匹马的蹄音。确切地说，这不是蹄音，是马的血液在血管里冲撞的声音，伴随马鬃在风中飞散。马的蹄音在马头琴上表现为坚定而欢快的旋律。如果进入散板，马头琴就好像牧马人在演唱长调。牧马人的长调是跟谁学的？是跟天上的白云学的。你看白云飘过来，手拉着手，一辆白云的车挨着另一辆白云的车，一座白云的蒙古包连着另一座白云的蒙古包，连绵不断。唱长调的人不愿意换气，巴不得把这个音永远唱下去，宁可差点憋死。长调的美不在旋律的变化，而在辽远，像天上一直飘着的云。

长调的旋律来自河水。河水流淌，在表面哗啦啦的声音背后还有深处暗流的和声，连绵不断，仿佛一层波浪套着另一层波浪。若问这些波浪什么时候停止，回答是不停止。即使到了寒冬，流水也在冰层下面涌动。长调也是这样，歌声一直在唱，哪个音都不想成为尾音。

马头琴跟长调最为和谐。你仔细听马头琴，声音并不追求单纯的明亮。我们更喜欢混音的表达，就像风声混杂着许多声音。风吹过，吹动了成千上万株青草，怎么会只有一个音呢？我们愿意演奏出风沙打在树叶上的声音，演奏出冰块在春天的河床里冲撞的声音。一把马头琴就是一个乐队，他的声音不是天堂的声音，而是人的声音，是祖祖辈辈居住在草原上的牧马人的声音。

亲爱的小羊羔，这些话对你来说有些太深奥了，那么我们说说有趣的话题吧。你知道墙外为什么放着一只黑雨靴吗？我们的主人海日罕昨天穿着新买的雨靴去他的朋友道贵苏荣家里喝酒，喝醉了。他走回来，半路到洪嘎露河边蹲下喝水。海日罕用手捧起河水喝，喝够了水往回走。一只靴子陷进了沼泽地里，但他没察觉。他一只脚穿着靴子，另一只脚光着，回到了家。今天早晨醒过来，他发现自己只剩下一只靴子，很生气，便把这只靴子扔到墙外。等到他赶羊路过洪嘎露河边，发现了沼泽地里那只靴子。海日罕如获至宝，拿回家里，到墙外找另一只靴子，但这只靴子被流浪狗叼跑了。所以，他把刚找回来的那只靴子也扔到了墙外，等待流浪狗去叼。你觉得这个笑话有趣吗？

还有一个笑话，这是我听主人海日罕说的。他说有一个人的记忆力超烂。有一天这个人去城里的兽医站买兽药，但不知道兽医站在哪里，就叫了一辆出租车。这个人坐上了车，对司机说，开车吧，但我记不起来我要去哪里。司机的记忆力比他还烂，回头看到他大吃一惊，说，天哪，我的车什么时候上来一个人？哈哈哈，这个笑话很好笑，但是我没看过羊羔笑。

那些大羊每天从草场回到家，咩咩的叫声此起彼伏，他们在笑吗？马嘶的声音有点像笑，但我没问过马。我确定有个东西一直在笑，那就是钉在西屋窗户上破碎的白塑料布，只要有一点风，他就哗啦啦地笑。世界上没有比破碎的白塑料布更爱笑的东西了。他哈哈哈哈笑个不停，身体抖动，想让自己的笑声停下来，但停不下来。

亲爱的小羊羔，你现在是吃妈妈的奶，还是吃青草？对了，吃不吃青草你说了不算，要看你长没长牙。我期待你尽快长出牙齿，去吃嫩嫩的青草。青草甘甜，而且有香气，嚼在嘴里咔嚓咔嚓地响。这是只有牛羊才有的享受，他们觉得这是世上最好的享受。当一只羊还有哪些好处？让我告诉你，看风景。

你跟着大群的羊走过万度苏草原，那里长着白桦树，树叶在风里闪闪发光。树林里长着蓝莓和黄百合花。太阳初升，白桦树变成了金色，叶子闪金光。夜晚，树林边上的乌力吉木伦河撒满星斗，非常好看。站在博格达山顶往下看，北坡是一丛一丛的乔木白桦树，树干像白云那么白，身上的黑斑特别显眼。如果你走到窄窄的乃仁河边，红柳就会挡住你。你顺着红柳往左边走，走到平缓的地方可以低头饮水。如果你去了那里，就快乐地喝乃仁河的水吧。你也可以不喝，把嘴巴放进河里，用耳朵听河水冲嘴巴的声音，那也是很好听的声音。长大吧，亲爱的小羊羔，去看草原上美丽的风景。

爱你的马头琴

麻雀给拴马桩写信

　　亲爱的拴马桩，我是麻雀，每天在院子里、在房上、在天空中打打闹闹的活泼的小鸟。人们管我们叫麻雀，我们身上哪儿都不麻，我们的叫声不悦耳，羽毛不鲜艳，但是我们活泼机灵。我们是鸟类的青草，最普通，最卑微，大地上到处都留下我们的足迹。

　　亲爱的拴马桩，你高高地立在牧民呼日查的家门口，你身上拴着牧民最喜爱的马，你和马朝夕相处。或许有一天，你也会变成一匹马，跑进草原深处。

　　呼日查有过三匹马。第一匹马是黑马，蒙古语叫冈根哈日。他身上油光锃亮。冬天，冈根哈日鼻孔喷出的两缕白雾从乌黑的身体两侧流过去，特别美。如果呼日查骑马走急了，回到家，他就会牵着马遛一遛，给马落汗。那时候，冈根哈日的脊背上全是汗，亮晶晶的，他像一只黑豹。天下所有的黑缎子都没有冈根哈日的皮毛漂亮。夜晚出月亮了，冈根哈日身上蒙了一层白霜，变成了灰马。我仔细看过他的眼睛，你猜我看到了什么。他的眼睛比身上的皮毛更亮，像黑水晶一样。而且，冈根哈日的眼神里流露着童真的色彩，仿佛他是一个儿童。每当呼日查从屋里走出来准备上马时，冈根哈日就会用小碎步原地踩踏，好像在为呼日查准备一个最好的上马位置。他太可爱了！后来，呼日查把这匹马送给了他的亲家诺日布。诺日布住在遥远的东乌珠穆沁旗，所以我再也没有见到过冈根哈日。

呼日查的第二匹马是带点灰花斑的白马，名字叫沙日拉。沙日拉很聪明，他的大眼睛不断地眨呀眨。有一次，呼日查在外面喝酒喝得烂醉，从马上摔下来，在草地上睡着了。天黑了，呼日查的妻子南咪正在家里擀面条，看见沙日拉鞍子空空地跑回家，就知道呼日查出事了。南咪骑上马，沙日拉驮着南咪跑到呼日查昏睡的地方。南咪把呼日查抱上马鞍子，用捆羊的绳子把他捆牢，回到了家。后来，沙日拉被一个外地人买走了，不知道他去了哪里。

呼日查的第三匹马是枣红马。这匹马高高地昂着头颅，脾气暴烈。他为呼日查取得了那达慕大会第一名的成绩，奖品是三只绵羊。

你可能好奇我是怎么知道这些事情的。我是一只老麻雀，一直住在呼日查的房顶上，不愿意去别的地方。我很喜欢呼日查和南咪，也喜欢他们的马。呼日查院子里栽的波斯菊和胭粉豆都是我的好朋友。连趴在波斯菊上采蜜的蜜蜂我都非常熟悉：一共三只蜜蜂，他们是哥仨。

亲爱的拴马桩，你听说了吗？政府要在这里修一条高速路，呼日查和这个村所有人的房子都要拆迁，他们要搬到别的地方去住了。你没看到吗？呼日查每天都骑马去镇里打听消息，他不愿意搬家。他的爸爸和他的爷爷都在这间房子里住过。但是，高速路是一定要修的。呼日查他们必须搬家。我给你写信是想说一说我的苦恼：如果他们搬到镇里住楼房，这间土房子拆掉了，我去哪里住呢？我对这间房子有很深的感情。

我喜欢这间房子里的味道。我的窝搭在东房顶上第二根檩子边上，我在这里住了好多年。房顶下面是羊圈，我每天都看到裹着臃肿羊毛的羊群离开羊圈，去草场吃草。他们傍晚走回来，叫声此起彼伏。每天闻到羊粪的膻臭成了我生活中的一部分。

我喜欢羊圈外边的那棵蒙古栎树，他宽大的叶子像豆角叶子。秋天，叶子变成褐红色，却迟迟不从枝上落下来。还有，我刚刚说到了马。我最喜欢马，我在早上、中午、晚上都喜欢看呼日查的马。我喜欢看呼日查拎着一桶从洋井打的冰凉的水，为马刷毛。马愉快地龇着大板牙摆头，好像在说舒服极了。我在窝里还能闻到从查干木伦河吹来的灰蒿的香气，还有百里香的香气。世上哪有比呼日查这间房子更好的家园呢？如果他们搬到楼房里，我的窝就毁了，我不知道去哪里。我不喜欢高速路，我想要飞到博格达山里，在那里安家。可是，亲爱的拴马桩，呼日查这匹枣红马怎么办？马能住楼房吗？呼日查也许会把他卖给外地人。一想到这个，我心里就难受，我不想再往下写了。

爱你的麻雀

拴马桩给麻雀回信

亲爱的麻雀，我收到了你的来信。你体格那么小，像一个会飞的土豆。但你这么重感情，我觉得你是一只善良的麻雀。

我和你一样喜欢这三匹马。冈根哈日用眼睛从前额遮挡的鬃发里往远方看，他好像一直在想远方的事情。他打响鼻的声音，我听起来非常舒服。沙日拉是一匹调皮的走马。他不高兴的时候，会用蹄子把铁皮桶踢倒，里面的水洒了一地。枣红马性格暴烈，非常勇敢。去年冬天，他踢死过一只狼。马踢狼要有技巧。狼非常灵活，一般的马根本踢不到狼。狼躲开马的蹄子，突然用爪子把马肚子划破。除非马一蹄子踢中狼的要害。狼头最结实，踢头踢不死狼，踢他的肋骨才能要他的命。去年冬天，三只狼围攻呼日查的羊群，枣红马用后蹄子踢死了领头的狼，另外两只狼灰溜溜地跑掉了。枣红马多么勇敢哪！

你说这里要修高速路，房子要拆迁。我很奇怪，你一只麻雀怎么能听到这样的消息呢？一定是呼日查和南咪商量事情的时候，被你偷听到了。

听到这样的消息，我不知道该怎么办。我不过是一个木桩子，早晚会被人劈了烧火。尽管我愿意继续当拴马桩，但是如果呼日查搬到了楼房里，就没有了拴马的地方。我只好等着被人劈了烧火。我不知道枣红马的命运会怎么样，也许会被呼日查送到东乌珠穆沁旗诺日布的草场上，在那里见到冈根哈日。马喜欢草原，喜欢奔跑，喜欢喝河里的水，不可能在镇里生活。

亲爱的麻雀，你那么小的脑袋，竟然会想这么多事情。每天早上我都能听到你和你的同伴站在房檐上叽叽喳喳地歌唱。如果这里修高速路，你就到山里去吧。博格达山上有山丁子树、野山楂树、蒙古栎树。树上有昆虫，那是你爱吃的食物。山上有青草和野花，你可以在那里尽情歌唱。我告诉你一个好地方，博格达山主峰西面有一片沙子，沙子很干净，你可以去

那里做沙浴。我知道鸟儿都喜欢沙浴。如果呼日查搬到镇里，你可以飞到他们住的楼房的窗台上看他们，然后回来告诉我。

喜欢你的拴马桩

白桦树给绿头鸭写信

亲爱的绿头鸭，你好吗？我是白桦树，就站在美丽苏河边。刚才你从河里游过，我拼命摇动叶子，但你没回头，慢慢游远了。你现在游到了哪里？是不是已经到达芒罕山的脚下了？那里长了很多蔓越橘果。你爱吃浆果吗？

亲爱的绿头鸭，在万度苏草原，论犄角，最好看的是梅花鹿。他的犄角像两根带花的树枝。天知道他顶着那么大的犄角怎么走路，他低头吃草方便吗？如果梅花鹿走进胡枝子灌木林，树枝会不会挡住他的犄角呢？冷杉边上的绣线菊枝条也会挡住梅花鹿的犄角。我一直想提醒他，但没有机会。

　　对不起，我把话扯远了。在万度苏草原，犄角最美丽的是梅花鹿，鬃毛最潇洒的是牧民满都虎家里的黄骠马。黄骠马脖颈上长长的白鬃在风中飘扬，好像立在山顶的苏勒德。还有什么好看？对，最好看的尾巴长在红腹锦鸡的屁股上。红腹锦鸡那灰褐色的尾羽高高地翘起来，巧妙地落下。谁看了都服气。最好看的眼睛长在猞猁头上。猞猁的眼睛像两颗黄宝石。黄宝石里镶嵌着一颗黑宝石，那是猞猁的瞳孔。最好看的脑袋属于谁呢？属于你绿头鸭。

　　亲爱的绿头鸭，你等了半天吧？请原谅，我说了很多动物，最后才提到你。我故意让你着急。你的脑袋像墨玉雕成的挂件，比玉更美的是你的脑袋闪荧光。当然了，你脑袋上镶嵌着两只滴溜溜转的黑眼睛。你在美丽苏河水里游弋，岸边的树和花都把目光投向你。树是野山楂树、花楸树、接骨木树、榆树。花是大杜鹃花、唐松草花和野百合花。你满意了吧，我们都崇拜你。

　　你好像并不在意我们的崇拜，像王后一样从河里悠然游过。我们一看到你的绿头，就知道春天到了。你到了之后，树叶开始冒出来，花会开放，小鸟在草丛里下蛋。

信写到这里有些杂乱，但你要相信我已经用了所有的力量。在树林里，我是最会写信的白桦树。蚂蚁丢了一颗蛋，松鼠丢失了埋藏在地下的松塔，土拨鼠忘记了回家的路，他们都找我写信，然后在树林里大声念我写的信。虽然蚂蚁最后没找到蛋，土拨鼠也没找到自己的家，可是听过我写的信的蒙古栎树和山丁子树都在问：这是谁写的信？太浪漫了！请他给我写一封信吧！但我没时间给他们写信。这是一片森林，如果给每一棵树都写信，那要写到哪一年？我连想也不敢想。但是我要给你写信，你是一只美丽又典雅的绿头鸭，如果你同意，有些事情我们可以讨论一下。

我觉得鸭子的名字不够高贵，叫鹤子不好吗？听到"鹤"这个名字，我们会抬头仰望云端，多浪漫。而鸭子让人想到蛋。你知道，一些没品位的人爱吃鸭蛋，特别是双黄鸭蛋。你虽然没白鹤飞得那么高，但是你的脑袋漂亮，完全配得上"鹤"这个名字。我建议你把名字改成绿头鹤，最不济也改成绿头鸟，不要再叫绿头鸭了。

亲爱的绿头鸭，你冬天要到哪里过冬？为了保护好你宝贵的绿脑袋，你还是去一个暖和的地方过冬吧。呵呵，我特别羡慕那些到处旅行的候鸟。他们洋气，气质明显和万度苏草原土生土长的动物不一样。你看土拨鼠傻头傻脑的样子，明显没去过南方。另外，我听说墨绿色是英国王室的标志，我建议你和别的鸟交谈时，提几个英国国王的名字，暗示你和他们有血缘关系。你可以说，哦，那一年我和飞利浦亲王坐在亨廷顿湖边喝茶，交流赛马消息。你还可以说，我和帕特丽夏一起听过歌剧，可惜我不懂意大利语，对剧情不甚了解。你不用管飞利浦亲王和帕特丽夏是谁，这都是我瞎编的名字。那些鸟难道会飞到英国调查吗？如果有谁问你去哪里过冬，你就也说去英国。尽管英国比万度苏草原还冷，但你心甘情愿，他们管不着。

亲爱的绿头鸭，春天的时候河水凉吗？还有，不管你把蛋下在哪里，都千万不能让狐狸知道。你可能听说过，狐狸专门吃鸟蛋。这是何等粗鄙的生活习惯。我们没办法用道德标准约束狐狸的行为习惯，你要做的事是把蛋藏好。写到这里，我回头看了一下，内容有些分散，但感情真挚。

崇拜你的白桦树

绿头鸭给白桦树回信

亲爱的白桦树，你的来信我收到了。"你的关注就是我努力的方向"——我虽然不太明白这句套话是什么意思，但放在这里很合适。不瞒你说，虽然美丽苏河左岸与右岸的树木很多，但我最喜欢你的样子。春天，你白色的树枝上冒出浅绿的嫩叶。你们并不像松树那样笔直地生长，四五株白桦树从一个树墩长出来，向外扩展，好像你们在手拉手跳一个圆圈舞。你们平时爱跳舞吗？我知道，桦树里有红桦树和黑桦树，但我最喜欢白桦树。想一想，盛夏来到河边，所有树的树干都是棕色、灰色或黑色的，只有你们的树干是白色的，好像冬天落在你们身上的雪还没有融化。所以你会写浪漫的信，对吗？

可是我不想改我的名字，这个名字已经叫了很久。我爷爷的爷爷就叫绿头鸭，如果改成绿头鹤或绿头鸟，显得不伦不类。你不觉得是这样吗？你说提到鸭子，马上会想到蛋，这只是人类的习惯。他们喜欢在禽类名称后面加上"蛋"字，比如鸡蛋、鸭蛋、鹌鹑蛋、喜鹊蛋。这很好笑，我不会因为这个而改掉我的名字。

亲爱的白桦树，我是候鸟。每年深秋，我都要和大批的野鸭一起飞到南方过冬。你想知道我们去哪里过冬吗？我告诉你地名，可惜你到达不了那里。我们先去盘锦的红海滩，那里是湖海的连接地带；再飞到南通，那里也是湖海的连接地带；最后飞到云南滇池，滇池是一个大湖的名字。你听到我们的迁徙路线，就明白我们要飞到温暖的湖边居住。湖里有鱼有虾，那是我们的食物。湖里的水草是我们的家园。说起来，每一个地方的鱼虾味道都不一样，但我不打算详细说这件事，因为你不吃鱼虾。

最愉快的事情是在天空中飞翔。无论多么雄伟的高山，从天空中看，这些山都只是铺在大地上的一堆石头。南方的高山上长满了树，跟平原的树一样绿。北方大地收割完庄稼，露出播种之前的黄色。成捆的玉米秸秆摆在地上，闪耀着玉米才有的白金色。秋天的河水非常宁静，两岸的树叶变成了黄色和红色，像开满了花。

我们飞到南方，大地上的水稻成熟了，变成金黄色。南方的树在冬天还带着绿叶，而北方的树叶已经脱落了，树冠变得光秃秃的。我感觉南方没有广阔的田野，从天空中看，那里的田地小巧玲珑，不多远就有一个水塘。我们飞过山脉，看到地面有深谷，有悬崖，非常雄浑。

"雄浑"这个词你可能没听过，换一个词跟你说，就是无边无际的丰饶。如果"丰饶"这个词你还是不懂，你就把它理解为多。山峰多，树多，树下面的动物也多。但我飞得快，没看见树下面的动物。盘山路像蚯蚓一样在山上绕来绕去。最奇怪的是瀑布。山顶不知从哪儿冒出河水，从悬崖上流下去，像挂了一匹白布。不要问我这是谁挂的白布。你可以想象：一条河流在悬崖上，无路可去，从悬崖上跳了下去。那跳下去的水就叫瀑布。以后如果有人问你什么叫瀑布，你就这样回答好了。

从万度苏草原飞到云南，我们一路上看过了好多风景，说是说不完的，我先说到这里。亲爱的白桦树，你说英国王室的标志是墨绿色，让我冒充王室成员。我认为这很荒唐，我从来没去过英国，不知道成为王室成员有哪些好处。下蛋多吗？飞得快吗？我虽然高贵典雅，但并不虚荣。你这么虚荣，可能与歌曲有关。我是说，有太多的歌曲赞美你。这些歌曲赞美你仅仅是因为你的树干白，这显得很奇怪，白就值得赞美吗？但人类所做的怪事很多，我不和他们一般见识了。

我不会说我去过英国，我也不会说跟飞利浦亲王谈过赛马的事。我宁愿跟河边的芦苇谈一谈鱼虾的事，或者跟白鹭谈一谈天气。总之，我比较喜欢实事求是的处事方式。但我知道你这样说是出于好意，我不会因此责怪你。

亲爱的白桦树，你身边如果有醋栗就好了。他的浆果那么红，能把你衬托得更纯真。这只是我的想象，我知道你不能选择自己的邻居，就此停笔。

爱你的绿头鸭

门给风写信

　　亲爱的风，好多天没见到你了。你每次来，墙外那棵野山楂树的叶子都会在摇晃中露出浅绿色的后背。门板有裂缝，你一过来，裂缝就发出喊叫，像吹哨子一样。小狗喝水的盆里只有一点点水，你一过来，这些水就出现了波纹。

　　风，你在万度苏草原享有崇高的威望。你一来，所有树叶都哗哗鼓掌，河面和从烟囱里冒出的烟都和你打招呼。亲爱的风，我怎么见不到你了？你去了哪里？你躲在一个地方睡觉吗？猫说你躺在博格达山的洞里睡觉。但是，风怎么能把自己藏起来呢？你睡觉，身边会不会有落叶飞舞？我想象不出风也在睡觉。你会闭上眼睛，把头放在一块石头上入睡吗？我想象不出来。我觉得你从来不懂得安静，你一直在动。或者说，你一呼吸，周围的一切都跟着晃动。如果你能静下来，说明你的性格发生了巨大的变化。这完全无法想象。

我是门，我的身体和脸都是方的。最早，我面色红润，因为我是松木。被木匠改成门之后，在烈日和雨水的侵蚀下，我的脸变成了灰白色。我把风（也就是你）、雨水、雪花和冷空气挡在屋外。有人以为门不做事，其实门每时每刻都在工作。主人贺喜荣贵早晨起来做的第一件事是打开门，让阳光进入他的家，小虫从屋里飞到外面。母鸡一边啄食，一边走进屋里。屋里大铁锅煮的糜子米肉粥冒出白气和香味，白桦木树枝的火焰在铁锅下面噼啪作响。贺喜荣贵吃完粥赶着羊群走向草场。他老婆韦胡隋玲拎着大水桶去牛圈挤牛奶。几个孩子站在当院揉眼睛，试图骑在狗身上，或者去鸡窝掏鸡蛋。幸福的一天从开门这一刻开始了。

当黑夜来到万度苏草原时，家家户户都关上了门。贺喜荣贵一家人在灯下看电视，小孩子玩手机。关上门，生活进入休息模式。这些事我不说你也知道，但我还是要说一下，否则没有其他事可说。

亲爱的风，你去了哪里？世界上所有保密的事情都不能交给你，你走到哪里都卷起尘土。贺喜荣贵晒在窗台下面的烟叶被你吹跑，蒙在酸菜缸上的塑料布哗啦哗啦地响。他们在说风来了。

这几天你没来，天气变得闷热。母鸡抬起一只爪子久久不落下，她在思考你为什么还没来。你来的时候，公鸡尾巴上的羽毛被吹得瑟瑟发抖，那是公鸡最好看的时刻。风，你记得吗？冬天，你拼命挤在我身上，想钻进贺喜荣贵的家里取暖，我把你挡在外边。你的力量好大，但你挤不动我。因为我身后有一个门闩，把我固定了，你不可能钻进屋里。贺喜荣贵不允许你进屋取暖。于是你飞到树梢上怒吼，树梢发出凄厉的呼啸，比狼叫还难听。但那其实是你在叫，而不是树在叫。

你把结冰的果尔果日河上的积雪吹跑，露出黑色的冰面。你把博格达山的岩石吹成褐色。到处游荡是你的习性，可是你这几天去了哪里？你能回信吗？

爱你的门

风给门回信

亲爱的门，你不应该给风写信。你的信我没来得及看上几个字就被吹跑了，我到处去追你的信，看了几个字，又被吹跑了。后来我把你的信按在刺五加灌木的刺上才读完。你记住，下回给风写信不要超过十个字。你写"风，你在哪里？"就够了。我没时间读太长的信。

你问我去了哪里，这个问题没法回答。我每时每刻都在不同的地方，没办法告诉你这些地方是哪儿。他们是山茱萸灌木林、灰褐色树皮的乔木赤杨林，还有沙漠跟河套，以及干旱的丘陵地带。我每时每刻都不停歇，对我来说，"哪里"这个词不存在，到处都是"哪里"。

你是门，静止是你的本性。我是风，时时刻刻都在游荡。虽然游荡的事物没法和静止的事物讲述自己的经历，但我们可以谈谈其他的话题。

亲爱的门，你听过科尔沁的民歌《天上的风》吗？这首歌唱的就是我们。风在天上，只是偶尔在地上走一走。你在信中说我从狭窄的门缝里往屋里钻，那是不值一提的细枝末节。我们的主战场在天上，懂了吧？天和地最大的区别是什么？天上空无一物，没有任何东西阻挡风。我们在天上闲逛，比人类开车还愉快。我们把白云雕成城堡、山峰、沙滩和羊群。我们让白云像轻纱一样围在山的肩膀上，让大海掀起波浪。

你可能第一次听到"大海"这个词。你尽情想象吧，一万条乌力吉木伦河汇集到一起，水面连接天际，也只是大海的万分之一。我最愉快的经历都在海上。我们让海水掀起滔天波浪，浪头像悬崖一样直直站立。我们松开手，这些水的悬崖化为碎片，落进海里。我们再次掀起波浪，波浪在我们松手后又化为碎片。

大海特别容易生气。他们犟，暴怒之后，与我们对决。我们激怒他们，挑起浪涛与浪涛的决斗，让他们相互厮杀。看啊，大海的浪花是他们破碎的盔甲。他们在风中跳起来搏斗，最后却一无所获。

渔船张起白帆，借助风的力量远行，撒网打鱼。有数不清的渔船在风浪里沉没。听了我讲的故事，你知道风并不是往门缝里钻的乞丐，也不仅仅吹动了小狗水盆里的波纹。你太小看风了。

没有风，植物的种子就不会被吹到各地生根发芽。我们让平原的麦子掀起金色的波浪。可惜你是门，没见过优美的麦浪。成熟的麦穗发出白金色的光泽，每个麦穗都长着长长的麦芒。时候到了，我们来到麦地，让麦浪摇摆、旋转，此起彼伏。天上的飞鸟惊呆了，久久盘旋，不肯离去。大地散发麦子成熟的香气，我们把这些香气吹向远方。

秋天到了，如果树叶赖在枝头不走，白白耗费树的营养，我们就像勤劳的农夫一样把树叶吹到大地上，让树安然过冬。有人说风刮起的尘土污染了环境，那么，你知道尘土里有什么吗？有大地的腐殖质，这是土壤的营养。如果没有这些尘土，土壤早就板结了。大地上所有生命的成长都离不开风。尽管风凛冽、寒冷，但风推动万物运动。没有运动就没有生命。

　　亲爱的门，这些话对你来说有些深奥，但你知道一点没坏处。你刚才说门有方形的身体和脸，这说明你见识少。皇宫的大门上圆下方，身上钉着四十九颗铜钉；乡政府的大门是铁条焊的栅栏；鸡窝的门是一小块木板。门和门不一样，就像风和风不一样，人和人不一样。你不能用固定的、狭隘的眼光看待万物。我说过，万物的特性是运动和变化，如果一成不变，就意味着凋亡。即此，匆匆不一。

爱你的风

炊烟给蚂蚁写信

亲爱的蚂蚁，我是炊烟。你问炊是什么，就是烧火做饭的意思。做饭的烟从屋顶烟囱冒出来，就是我——炊烟。哈哈哈，你没反应过来吧。哈哈，我冒头的时候，证明这家人在做饭。

亲爱的蚂蚁，我站在房顶边飘边向四处眺望，草原上的一切我都看得清清楚楚——山、马群、河流，有时候也能看到狼。但我特别关注你——蚂蚁。

我不像人们想象的那样，飘到空中就消失了。消失的只是炊烟的一部分，留下的是透明的烟，比如我。我俯身看院子里的石子和沙砾，这时候见到了你——亲爱的蚂蚁。

　　你是世界上最小的生灵，我这样说你不会自卑吧？你身体那么小，竟然还会爬。每当这家的男主人青格勒图和女主人蒙根花进进出出时，我都担心他们会踩到你。他们走过，我俯身到地面上找你的尸体（你可能有些气愤，但我确实是这样做的），却从来没找到你在院子里遗留的尸体。这说明你一直活着，对吗？你走路东张西望，能躲开主人踩过来的山一般的大脚吗？但愿你躲开了。蚂蚁，我看你每时每刻都在忙碌，不知道你在忙些什么。你好像没有时间思考。我觉得你应该找一个安静的地方，比如墙根，静下来想一想做哪些事，不做哪些事。不要慌慌张张地走来走去。我猜测你们做的大部分事都没什么意义，你们好像自己也拿不准要去哪里。只有一次，我见到你们做了有价值的事——七八只蚂蚁搬运一只死去的蟋蟀的肚子。我估计你们想用那个肚子做冬天的食物。然而不可能吧。蟋蟀的肚子已经空了，是一个空壳，里面没有可吃的东西呀。

　　亲爱的蚂蚁，你们爬上青格勒图的窗台做什么？窗台上摆着没晒干的烟草叶子，还有一双绿雨靴。我觉得这两样东西对你们毫无用处。让我更惊讶的是，我在屋顶的彩钢瓦上也看到了蚂蚁，不知道你们是被风吹上去的，还是自己爬上去的。这简直是奇迹。对你们来说，屋顶就是万仞高山的顶峰。可是，你们怎么下去？不晕眩吗？假如你们被风吹到房后的刺五加灌木里，你们还能找到原来住的蚂蚁窝吗？

　　鸟有两只脚，羊有四只脚，你们有六只脚。我仔细研究过你们用六只脚向前移动的情形，简直眼花缭乱。如果是我，根本不知道先迈哪只脚，后迈哪只脚。我是说，我用前面左侧的脚向前移动的时候，中间右侧的脚是原地不动呢，还是跟着移动？我看到你们的脚全在向前移动，井然有序，又不顺拐，简直太精妙了。

　　亲爱的蚂蚁，你生活的世界里所有的东西都是高山。青格勒图是这个村个子最矮的牧民，但在你眼里也是巨人。蒙根花不仅矮，还肥胖，在你眼里仍然是巨人。不是吗？那只有着麦黄色翅膀、黑色尾羽的母鸡抬着爪子走过来，对你来说，也是一座带羽毛的高山。母鸡会吃蚂蚁吗？你们生活在高山的世界里，要做的事是不停地攀登。请告诉我，从地面攀登到菜园的矮墙上需要多少时间。我见过一只蚂蚁在矮墙上行走，这是在悬崖上行走啊！好在他没被风吹走。亲爱的蚂蚁，你们蚂蚁之间会用语言交谈吗？你们喝水吗？你们平时吃什么东西？这都是我想问的问题，如果你太忙，以后告诉我也可以。

我说过我是炊烟，这家人煮完饭，烟就没有什么用了，我顺着漆黑的烟道从屋顶冒出来。钻出烟囱的那一刻太愉快了，蓝天上竟有那么多的白云，他们好像草原上的羊群。青格勒图的房顶铺着蓝色的彩钢瓦，别人家的房顶有红色的彩钢瓦。每座房子边上都栽着几棵绿白杨树。远处的博格达山隐藏在早晨的白雾里，他脚下的羌木伦河像一条银色的带子流向宝日哈达苏木，和乌力吉木伦河汇合。白鹭在河上盘旋，蒙古百灵在空中歌唱。

你知道吗？蒙古百灵很搞笑。他藏在马棚边的草窝里，突然飞向空中。我以为一颗马粪蛋在飞翔，直到听到他唱歌，才知道这是蒙古百灵。你看，这就是我的生活，我每天都在看风景。你是不是很羡慕我？我的待遇并非白白得到。我最早是柴火，长在北山坡，干枯后被青格勒图捡回家，点燃后变成火焰，为他们烧饭。大部分柴火被烧成炭，少部分化为烟，钻进烟道，变成了炊烟。

亲爱的蚂蚁，炊烟从烟囱里冒出来，也有价值。在草原上旅行的外乡人，他们最想看的就是炊烟。草原的清晨，一点风也没有。各家做早饭，所有的炊烟都直直升上了天空，像一条条竖起来的白哈达。旅行者看到炊烟，该有多高兴啊。有炊烟就有人，有吃饭喝茶的地方。这就是人们说的"人烟"。所以炊烟的另一个名字叫人烟，这个名字比香烟高尚多了。

亲爱的蚂蚁，你善于攀登，我希望你顺着房子爬上来，爬到东边的烟囱上，咱们见个面。我请你看远处的风景，我再仔细看看你的身体和脚。我最羡慕你的腰，太细了。你穿衣服一定不需要系腰带，因为找不到这么短的腰带，对吗？

喜欢你的炊烟

蚂蚁给炊烟回信

亲爱的炊烟，收到了你的来信，我为你的无知感到惊讶。想了想，我觉得你的无知与你的身体刚好匹配。因为你几乎算不上有身体。你只是一股烟，从烟囱冒出的那一瞬开始分散，然后就不见了。我就是那只上过房顶的蚂蚁，所有的蚂蚁都上过房顶。我们不像你想象的那样，在地面愚蠢地爬来爬去。我爬上过青格勒图家门口野山楂树的树顶，我也见过你在信中说的博格达山和羌木伦河。

春天的博格达山，肩膀上带着坑坑洼洼的积雪。云彩少，天空特别蓝，把博格达山衬托得特别威严。进入夏季，博格达山的沟壑里长满黄榆树，像是可汗的胡子。秋天，山上的槭树叶子变红，点缀褐色的岩石，好像一幅画。你知道了吧？我们蚂蚁看山比你看得真切。

你以为我们蚂蚁目光短浅，只看眼前的土地，不往远处看吗？错了，我们照样远望。我们蚂蚁有一对巨大的复眼，能将外界事物看得一清二楚。你以为我们上树是吃树叶吗？又错了，我们是为了遥望博格达山。我们看见山下的羌木伦河中有白云的倒影，河两岸长着红柳、杜香灌木和花楸树，野鸭子从河面游过，划出长长的水痕。亲爱的炊烟，我说的这些风景你恐怕没见过吧？因为你飘来飘去，不专注，一会儿就消散了。而我们可以在树上停留，在花草里停留，享受世间的美景。我们从黄色的花瓣上爬下去，躺在白色的花蕊里仰面看天。谁能躺在花蕊里看天，谁就比可汗更幸福。山丹花是一座美丽的宫殿，我们爬进红色的山丹花里，被花的香味熏得昏昏欲睡，在花蕊里进入梦乡，醒来发现天上撒满了星星。花瓣的质地柔软光滑，超过世上所有的锦缎。但最美妙的不是花瓣，也不是花蕊，而是花蕊上的露水，喝一口，甘甜清凉。你喝过露水吗？炊烟，我觉得你没喝过任何水。你飘到河边，没等低头喝水就被风吹走了。说起来，你好可怜。

　　我们蚂蚁是团队，有精密的分工，最讲究效率。你看不懂我们的劳动程序，解释一番你也不一定理解。除了飘散，你几乎什么都不会，又怎么能理解蚂蚁王国的奥秘呢？另外，你并不是火，也不是柴火，你仅仅是烟，不值得骄傲。如果你是火，你会一直在锅底燃烧。但凑巧你是烟，只好跑出去做一个流浪汉。不过我并不会因此歧视你。你知道吗？傍晚天空的云彩被落日映红，你的烟雾像牛奶一样洁白，燕子高兴地飞进烟雾里游戏。清晨，你冒出来，证明这家人苏醒了，开始新一天的生活。你是一个信息官。所以，尽管你无知，我仍然尊敬你。

　　亲爱的炊烟，大地无限广阔。如你所说，小小的鹅卵石在我们眼前也是一个山坡。菜园的土墙是陡壁，我们爬上去，检查白菜、辣椒和黄瓜的长势。黄瓜身上长满了刺，在上面行走要格外小心。他的黄花清香，吃上几口非常惬意。

　　你问我们吃什么，这还用说吗？到处都是我们的食物呀。蔬菜、昆虫的尸体，我们都能吃。我们偏爱有甜味的食物，比如野山楂和蜜蜂留在花蕊里的蜜。世上可吃的东西太多了。危险也是有的，青格勒图脚穿大皮靴走过来，地动山摇，我们连忙躲开。需要告诉你的是，我们不怎么来青格勒图的院子，我们更喜欢草原。我们是蚂蚁，一株青草对我们来说就是一棵树，我们在树下纳凉。而真正的树，比如白桦树，是参天大树，我们照样爬上去。你可能听说过，白桦树分泌的汁液有糖分，吃起来很甜，我们很喜欢。好吃的东西实在太多了，说不过来。不过你好像什么也不吃，只是不停地在天上飘。这倒是一件好事，你不会因为吃东西太多而飘不动。我身体有一个毛病，就是腹胀，要经常吃苔藓助消化。祝你愉快！

崇拜你的蚂蚁

胡枝子树给羌木伦河写信

　　亲爱的羌木伦河，你好吗？我喜欢你的名字，每当看到你的身影，我就念你的名字，念三遍——羌木伦，羌木伦，羌木伦，不然好像没办成什么事。

　　我是胡枝子树，站在你的右岸。你一定见过我。我夏天、秋天开紫红色的花，花瓣像蝴蝶往前飞。我的名字也很特别——胡枝子，像古代人的名字。

　　羌木伦河，我给你写信，是想知道一些外边的事情。我一直站在岸边，哪儿也没去过。蒙古百灵对我说，离这儿七八里地的地方有一座博格达山。我问蒙古百灵山是什么，他说山是石头做的，把一百棵落叶松截断，连在一起的高度就是博格达山的高度。我听得快晕眩了。羌木伦河，这是真的吗？世界上有这么大的石头吗？石头长这么大是为了什么呢？

蒙古百灵说，博格达山北面有一片沙漠，玻璃似的沙子有半只蚂蚁大，茫茫无尽。飞鸟喜欢去那里做沙浴，他们躺在沙子上扑棱打滚，抖抖翅膀，看上去舒服极了。我问，沙漠有多大？蒙古百灵说，把一万棵落叶松截断连起来，也没有那片沙漠大。羌木伦河，你见过那片沙漠吗？为什么要截断一万棵落叶松呢？如果松树没了，松鼠和花栗鼠都要饿死。松树分泌神秘的松香，香气吹过来，我感觉像进入了深夜。如果你知道博格达山和沙漠的事，请回信告诉我。

蒙古百灵说，田鼠在地下的家有好多间房子，有储藏室、卧室、会客厅。田鼠每天晚上轮流在自己的两间卧室里睡觉，却从不迷路。

蒙古百灵说，兀鹫在天上追踪一只在地上奔跑的灰兔，灰兔突然闪身，兀鹫撞在石头上死掉了。我说，兀鹫小心一点就死不了了。蒙古百灵说我多嘴，唰一下飞走了。

蒙古百灵每天在我耳边说这些事情，不知是真是假。他说他见到的事情太多了，有时也会说错。我问他说的话哪些是真，哪些是假，他唰一下又飞走了。

亲爱的羌木伦河，我最喜欢你起伏的脊背。从岸上看，你的波涛弓起脊背翻滚，转瞬消失，好像骑着被水遮盖的千万匹骏马。在落日里，你又变成成千上万只金兽，把晚霞的金晖化为盔甲，披在背上。羌木伦河，你终日匆匆忙忙是要做什么吗？你好像是要去见什么人，后来你见到了吗？

我一直站在岸上，哪里也不去。风吹过，让身上紫红色的花朵闭上眼睛，享受风的温柔。风用他透明的手摸我所有的枝叶，树枝上短短的白毛在风中站立起来。我的花瓣虽然像蝴蝶，但并不会飞走。下雨了，雨在枝叶间流淌，一直流进土里，把枝干洗得干干净净。雨有耐心，怕树洗不干净，下了很长时间。说出来你可能不信，雨最多的时候下了一天，雨滴从天空降落，我看不清他们的身影。雨滴落在枝干上就是一滴水，从我身上滑落。你让雨滴站住脚，跟他们说会儿话是不可能的。他们只有流进土里才能休息。

亲爱的羌木伦河，冬天你结冰了，看不到我在寒风中的样子。我全身的枝条被吹得变成褐色，没有叶子，也没有花朵，太阳升起来才感到一点温暖。我喜欢下雪天，大雪包裹灌木，像隆起的棉花，分不清谁是毛榛，谁是刺五加，谁是胡枝子。

结冰后，你的脊背多么平坦。我敢说在万度苏草原上，找不到比你更平坦的地方。夏天不敢过河的动物这时候在你身上留下足迹，他们是狐狸和兔子。连胆小的斑鸠也在河面的雪上留下脚印，脚印像短树枝落在雪里。下雪前，结冰的河面多好看啊，那是碧的、乳白的、像黑檀香木的冰面。你在冰的下面悄悄流淌，但谁也不知道。落日照在冰上，像金子被融化，变成了水。可是我不懂，你为什么要结冰？树木、土壤和天上的云彩都不结冰，只有你用冰包住自己。你是想变成石头吗？

春天，燕子飞回万度苏草原。接着灰伯劳、大杜鹃、丘鹬也回到草原。绿绒蒿开了黄花。冰面变黑，好像长了麻子。水不知道什么时候浮出来，遮盖了没有融化的冰。我不知道你是哪一天化的。总之到了那一天，河里的冰块渐渐移动，冲撞，堆成高高的堡垒，随后垮塌，被冲到下游。那一刻让人胆战心惊，仿佛冰与冰之间发生了战争。冰块被赶到下游后，河水变得非常开阔。春天里，河水愉快流淌，冲刷岸边的冰碴。冰碴上的雪还没有融化。黑黑的河水越流越多，你开始了浩浩荡荡的旅行。

亲爱的羌木伦河，你只在夜里说话，那是一片细碎的低语。虽然我听不清你说了什么，但我知道你说了一夜。第二天夜里，你又说了一夜同样的话。河水匆匆忙忙流走了，你这些话说给谁听呢？你的好朋友是那些水鸟，夏季时，白鹭和灰鹭在你上空恋恋不舍地徘徊，好像在用张开的翅膀丈量你有多宽。他们也许想钻进河里跟你游戏，却找不到一个落脚的地方。

你在日出时分最美。亲爱的羌木伦河，你的波浪点燃了旭日的红光。河面开放无数朵红花，这些花朵没有枝干，只有花瓣在漂荡，漂向远方。亲爱的河流，我听说水里住着好多鱼儿。蒙古百灵说，在你的河底，有鲤鱼的宫殿、鲴鱼的宫殿和草鱼的宫殿。我想象你的河底是一个舞台，鱼在上面跳鱼的舞蹈。万度苏草原没有钓鱼的人，鱼在你的河水里幸福地度过了一生。

亲爱的羌木伦河，这些话是我对你的印象。你能看出来我喜欢你，我想得到你的回信。如果我的愿望能够实现，我会把花瓣撒在河里，那是我送你的礼物。

忠诚于你的胡枝子树

羌木伦河给胡枝子树回信

亲爱的胡枝子树，谢谢你美丽的信。因为波涛起伏，这封信我只读了一小半就被打湿了。但我知道你是站在河岸边的胡枝子树。我不确定是否见过你，但我见过河边开花的树。开粉花的是绣线菊，开白花的是野山楂树，开紫花的是百里香。我好像见过你，但分辨不出那是你的花，还是蝴蝶。你知道，河水流速很快，看不清岸上的景物。

亲爱的胡枝子树，你说你想知道外边的世界，凭这一点，你就是可爱的植物。遗憾的是你不能行走。我是说，狐狸用他的四只脚去过很多地方，蒙古百灵去过的地方更多。即使是小小的毛虫，用一夏天的时间也可以爬出半里路。你却不能动。

风吹过来，你的树叶哗哗摇动，他们等不及了，想飞到远处看一看。风停下来，树叶还留在枝头，并没有远行。

好吧，我告诉你，叫山的物体都有巨大的体积。山也许用土堆成，也许是长在一起的石头。蒙古百灵说博格达山有一百棵落叶松连起来那么高，我没有量过，但博格达山确实非常高。我从博格达山脚下流过，仰头看山峰，山上全是褐红色的岩石，好像撒满了蒙古栎树的落叶。博格达山不光高大，还险峻。你知道险峻吗？这样说吧，山的石壁很陡，狼、狐狸和兔子都爬不上去。野山羊能爬上陡峭的山峰，他们有灵巧的蹄子和勇敢的心。博格达山的阴坡长着松树和冷杉，阳坡生长着灌木，有毛榛和接骨木。你一定想知道山顶上有什么。那儿只有石头，石头上长着苔藓，没有其他东西。早晨，从河的角度看，博格达山白雾缭绕，黑色的老鹰在山顶上盘旋。这时候的博格达山像一位可汗，非常威严，周围的草地、白桦林和松树林都是他的臣民。

蒙古百灵说的沙漠在山的北面。晨雾没散时，沙漠好像覆盖着一层雪。太阳升起来，沙漠变成了金色。沙漠并不平坦，被风吹出山丘的模样，沙漠顶上带曲线，十分优美。蒙古百灵说的沙子会流动，像水一样柔软。我见过一只红色狐狸在沙漠上奔跑，他用尽力气也跑不快，沙漠缠住了他的腿。沙漠里也有湖，但不流动。湖边长着红柳和灰蒿。

　　蒙古百灵用截断的落叶松衡量博格达山和沙漠之大，实际上博格达山和沙漠比他说的大得多，大到无法形容。但我不会用截断的落叶松来形容他们的广阔。博格达山西面是平坦的草原，就算把万度苏所有的落叶松都截断，连在一起，也到不了草原的尽头。草原的尽头是太阳落山的地方。马群从草原跑过去，队形像天空中的大雁。领跑的马儿速度最快，他那白金色的鬃毛在风中像一面旗帜。其余的马组成三角形，跟在他身后狂奔。不用说，马群跑过的地方腾起了尘土。这群马跑了很久，几乎从视野里消失了，仍然到不了草原的尽头。这就叫广阔。广阔不能用落叶松来计算，要用马蹄丈量。然而马蹄也超越不了广阔，你懂了吧？

　　下面我们说什么呢？你的来信两次提到落日。你知道，天下有很多河流朝着一个方向流淌，那就是东方。每天傍晚，我们背着落日的霞光奔向东边。我像你一样喜欢夕阳，他把一万匹红缎子扔进河水里漂洗。河水想抓住这些红缎子披在身上，红缎子躲藏、奔跑，不让河水抓到。傍晚时分，鸟儿飞得低，他们想吃到在水面上飞行的小虫。我清晰地听到鸟儿的鸣唱。

那一刻，我感觉做一条河比做一座山更快乐。山上没那么多翻滚的红缎子。

亲爱的胡枝子树，你知道河流还有哪些骄傲的事情吗？夜晚——就是你信中说我在窃窃私语的时候——成群的黄羊来河边饮水，他们要躲避狼群的围捕，所以选择在夜里饮水。看到大黄羊和黄羊幼仔那么急迫地饮水，我觉得自己是一位母亲，哺育了他们。来河边饮水的不光有黄羊，还有很多动物。羊群、牛群和马群饮水的时候，好像要把河水喝干似的。当然，他们只喝了一点点水，我身后还有无穷的波浪。牛羊在河边饮水，放牧人在岸边歌唱。他们演唱的长调婉转入云。白云不止一次停止飘动，听他们的歌声。然而放牧人只唱歌，并不到河边饮水，他们回家里喝奶茶。

你说你喜欢我的名字——羌木伦。我也喜欢这个名字。阿鲁科尔沁旗有一首民歌就叫《羌木伦》，歌中唱道："羌木伦的水呀……"后面的词我没听清，只听完这一句就流远了。

亲爱的胡枝子树，草原上有好多民歌都在赞颂河流。各地的河流都会出现在民歌里。牧民歌唱河流的清澈、辽阔、奔流。如果河流干涸了，草也会枯死，草原退化成不毛之地，牧民无处生存。你说你喜欢雨和风，我也是这样。雨下过来，成千上万的雨滴冲进河里，仿佛他们不愿意落在地面上。河是雨水的归宿，雨滴是我们宝贵的兄弟。他们来自天上的云朵，闭着眼睛跳进河里，转瞬之间不见了，融进水里，看不见原来的模样。在雨中，河水上涨，河面比原来宽了许多。河水跟雨水结合，比原来奔跑得更快。你说雨水洗了你的枝干，对我们来说，好像增加了一条河流。有了这些雨水，我们永远不会干涸。风是河流的好伙伴。风认为河水流得太慢了，推着我们往前跑。你会看到被风推动的河水站起来，这就是你所说的波涛，落下又站起来。大风刮过河流，吹起数不清的波涛，形成你所说的被水遮盖的千万匹骏马。有风吹，河水流得豪迈，一步跨出很远。风也很愉快，为他制造的波涛自豪。

　　我说过，世界很大，想跟你多说说外面的事情。但我想不起来其他事情了，先写到这里，祝你愉快。

爱你的羌木伦河

银镯子给酒盅写信

亲爱的酒盅，你是一个坏蛋。牧民巴拉珠尔用树根似的粗手端起你，送到嘴边，一盅一盅把酒喝进肚子里，喝着喝着就醉了。巴拉珠尔放羊、打草，脸晒得像咸菜疙瘩一样布满皱纹。喝了酒，他脸上的褶子渐渐开了，像泡在水里的木耳，他的脸红彤彤的，带着笑意。他语速急切，话语像黄豆一样从嘴里蹦出来，但谁也听不懂他在说什么。他老婆娜日苏说巴拉珠尔讲的是古代汪古部人的语言。

娜日苏坐在板凳上，拿着两个干透的玉米，两手交错，为玉米脱粒。炕上的黑白花猫把下巴放在腿上睡觉。巴拉珠尔的儿子代青在城里的中学住校。

没一会儿，巴拉珠尔的舌头像海参一样膨胀，说不清话了。俄而，他眼睛失神，身体后仰，像中了一支古代的箭，倒在炕上酣睡。而你——酒盅先生，则站在桌上。

跟碗比起来，酒盅是一个小到不值一提的瓷器。但因为你是酒具，所以被摆在红箱子上，跟花瓶和小梳妆台摆在一起，享受风光。巴拉珠尔每次端起酒盅，你心里一定很欢喜。尽管酒不是你酿造的，但巴拉珠尔看见你总是一脸笑容。

亲爱的酒盅，你除了盛酒，还能做什么？你不能盛饭，不能舀水，也当不了花盆。但你装上了巴拉珠尔心爱的酒，你捎带成了特殊物件。巴拉珠尔酒后失手把你掉在地上，你幸运地没破碎，继续盛酒。

我最早见到你，以为你是一只鸟。巴拉珠尔端着你喝酒，发出"滋——"的声音，我以为是你发出来的。时间长了，我才知道你没这个能耐，这是巴拉珠尔为取悦自己发出的声音。喝酒时发出这样的声音，显出酒味很香，也显出巴拉珠尔喝得细腻。你被巴拉珠尔端起来，放在桌上，再端起来，再放到桌上。这种动作重复了几百次吧？到底多少次？我估计你也记

不住。

在万度苏草原，带"酒"字的什物地位都很高。酒瓶子、酒壶、酒盅跟男人们心心相印。他们几乎想搂着你们睡觉，像老母鸡用翅膀罩着雏鸡那样。

万度苏的冬天冷啊，三九天，牧民在衬裤外面套上毛裤，毛裤外面套上棉裤，上身穿毛衣、皮坎肩和羽绒服。他们把脚裹上包脚布，穿进带羊毛的大头鞋里。出门前，还要戴皮帽子，围上围巾，戴皮手套。全副武装后，他们才敢出门。在冰雪地走一会儿，他们的眼睫毛被呼出的热气挂上白霜，再过一会儿，眉毛也挂上白霜。这么冷，牧民仍要赶着羊群去有枯草的地方牧羊。北风呼啸，面对面也听不到对方的话。傍晚，牧民把羊群赶回家，坐在炕上，第一件事就是端起酒盅。

这时候，你显得气度庄重。持滚烫的烈酒一盅一盅灌进肚子里，巴拉珠尔出现醉态一点儿都不奇怪。人被冻个半死时，喝酒更容易醉。这时候，你很得意，你眼睁睁看着主人倒在炕上，把他送进梦乡。不管屋外的寒风如何呼啸，醉汉都睡得十分香甜。所以，你比饭碗、茶杯地位高。他们只配待在不生火的外屋的碗橱里，而你高居红箱子之上。

你是酒盅，小小的，像一个带花纹的饺子。你每天和白酒送往迎来。人吃完饭要洗碗，但人喝完酒不洗酒盅，酒用不着洗，挂在盅里有香味。不管有酒没酒，你身上永远带着酒的香气。接着过你的好日子吧。

敬佩你的银镯子

酒盅给银镯子回信

亲爱的银镯子，你的来信有点瞧不起我，或者嫉妒我。我觉得你对我有些误解，说开就好了。

你看到了，巴拉珠尔时常饮酒过量。我每次都感到遗憾。但让他不省人事的不是我，而是酒。你明白了吧？尽管他端着酒盅喝酒，但酒进了他的肚子，我还在他的嘴外面。我跟他喝醉没关系。就算巴拉珠尔不用酒盅喝酒，也会对着酒瓶口喝酒。他在草原上经常那么干。他用碗，甚至用酒瓶盖盛酒，你能怎么样？我不过是一个渺小的酒盅，哪能管他呢？你高估了我的能力。

你说到我待在红箱子上，我不觉得这是一种荣耀。站在玻璃花瓶边上，我显得太矮。我羡慕红箱子上的黄桃罐头瓶，里边装着电池、纽扣和针线包，像个老板。玻璃花瓶里插着永不凋谢的粉塑料花。平时，酒盅里啥也没有，很寒酸。

亲爱的银镯子，我暗恋你已经很久了。别的银镯子成双成对，但你只是一只，戴在女主人娜日苏的手腕上，比成对的银镯子更显眼。你身上有缠枝莲花纹，闪耀着只有白银才有的内敛之光。你戴在女主人的手腕上，让这只手显得白皙富贵。你是银器，我不过是瓷器。不用说，咱俩的差距很大。白银是世间尊贵的家族，打成镯子，打成耳环，打成簪子，永远待在人身上最显眼的地方，和主人朝夕相处。酒盅怎么能和你比呢？新娘身上有银首饰，绝不会有酒盅，所以你用不着嫉妒我。你那么典雅，对酒盅、炕席、炉钩子这些日常杂物，要持有包容的态度。我们生活在底层，属于杂物。你是主人的心爱之物，名字叫首饰。你我差距太大了。

你想知道我的往事吗？有一年，巴拉珠尔的儿子代青买了一个鸟笼子，鸟笼子里有一只鸟叫红点颏，我是给这只鸟装米的饭碗。我近距离端详这只鸟，他的头部和后背是橄榄褐色的，颏部鲜红，比鸡血石还鲜艳。代青把鸟笼挂在羊圈边的榆树枝上，红点颏大声歌唱。他会模仿蒙古百灵的叫声、灰伯劳的叫声、喜鹊的叫声。他听到什么鸟叫，就模仿什么鸟的叫声。红点颏非常活泼，在鸟笼的小棍上蹦蹦跳跳，伸开左翅，伸开右翅，做早操。那一段时光好有趣。后来这只鸟被猫吃掉了，我被迫改行成了酒盅。我怀念天天跟红点颏在一起的那段时光。变成酒盅后，我被酒熏得头昏眼花。我尤其不愿见到巴拉珠尔的红酒糟鼻子，他把我端到离酒糟鼻子不到一厘米的地方，不看也得看。生活把你逼到这一步，你还能说什么呢？

亲爱的银镯子，你身上的花纹证明你有很高的艺术品位。我回忆给红点颏当饭碗的日子，想说明我也爱好艺术。我喜欢鸟的鸣唱和舞蹈，可惜我发不出声音。

如果你看到这里还没厌烦，我就接着往下说。娜日苏穿上绿蒙古袍时，戴银镯子显得气质活泼。她穿上红蒙古袍，套上黑色绣花的坎肩时，戴银镯子显得高贵。我羡慕女主人和你的亲密关系，她无论是挤奶、做饭、梳头，还是晚上睡觉，都不摘下你。你是她最好的朋友，对吗？在我看来，你没有任何缺点，你即便跟金镯子摆在一起，也毫不逊色。

金镯子固然尊贵，但你纯真。而我，不过是一件杂物，不可能时时刻刻跟主人在一起，但你做到了。衣服虽然穿在主人身上，但夜晚还是要被脱掉的。你的一生如此圆满，为什么不能包容其他东西呢？

在你眼里，我只是盛酒的小瓷盅，把酒倒进巴拉珠尔的肚子里。事实没这么简单，我长期盛酒落下不少毛病，浑身酸痛。这种酸没法形容，好像骨头缝里进了蚂蚁。有一天我听到娜日苏和巴拉珠尔聊天，他们提到了骨密度，说喝酒导致骨密度降低，就是骨质疏松。没错，我的骨质早疏松了，我在红箱子上站一会儿就感到精疲力竭。巴拉珠尔喝酒，我是运载工具，每次和酒接触的时间大多超过一分钟（短的只有两三秒），结果落了一身病。还有一个问题，我可能得了酒精依赖症。如果巴拉珠尔一天不喝酒，难受的不是他，而是我。我会焦虑。你知道，踱步可以减轻焦虑，但我却没有腿。如果我能像猫那样冲到院子里，爬到树上，焦虑早就消失了。但我只能静静地站在红箱子上，好像很风光，其实很苦恼。

娜日苏不止一次扬言要把我摔碎，这是多么奇怪的想法啊。她最应该摔碎的是酒瓶子，而不是酒盅，顺序都弄错了。但是你知道，人发起怒来没有理智，娜日苏完全有可能把我摔碎，把碎碴扫进铁铲子，倒进垃圾堆。那时候你就见不到

我了。

写到这里，我突然想起一首民歌和你有关。开头两句我忘记了，中间两句唱的是"白白的银镯子啊，像皎洁的月光"。你看到了没有，民歌把你和月光相提并论，多高贵。所有的歌词里都没提到过酒盅，我们生活在底层。

娜日苏天天劝巴拉珠尔戒酒，而我希望巴拉珠尔天天喝酒，缓解我的焦虑。我讨厌酒味，又离不开酒。生活的矛盾竟然集中在一个小小的酒盅身上，真是可悲。就写到这里吧，祝你天天开心。

暗恋你的酒盅

太平鸟给落叶松写信

亲爱的落叶松，你爱写信吗？你的落叶堆了一地，这是你给谁写的信？他们都读到了吗？你把信写好，卷成一根松针扔在地上，等收信人来取，是这样吗？我试着打开这些信，但是打不开。它们没有缝隙。这些落叶由深绿变成褐红，我从未看见一只鸟或一只狐狸来读你的信，你的信白写了。

亲爱的落叶松，你把松针落叶摆在地上，摆成各种图案，越看越神秘，好像在搭建一个迷宫。在你的落叶上跳舞是我最喜欢的事情。你知道吗？这些落叶既松软又芳香，而且不会发出让人心烦的唰唰声。我这样说你应该已经猜出来了，蒙古栎树的落叶、桦树的落叶踩上去好像在尖叫。风一来，这些落叶立刻跑得很远，钻进刺五加灌木丛，堵住松鼠的道路。但你并不这样，你落下的松针排列在脚下，不乱飞。

我觉得你每天都在用这些松针做算术题——1+1+1+1+1……这是多么复杂的算术题呀，你脚下最少有一万根松针，你把这些松针加到一起，算出得数，能算对吗？

我不懂数学。我站在枝头吃花楸果，黑枕绿啄木鸟问我吃了几个。我回答吃了一个。过了一会儿，他问我又吃了几个。我回答又吃了一个。我吃花楸果，只记得吃了一个，然后再吃一个，永远只吃一个。黑枕绿啄木鸟问，把你吃下的花楸果加到一起等于几个？我反驳他，花楸果被我啄碎进了肚子，分不清几个。我认为数学是吃不到花楸果的鸟发明的游戏，他们想象自己吃了很多花楸果，编出二、三、四、五这样的谎言欺骗自己。而我只吃过一个花楸果，吃过再吃一个，永远是一个。

亲爱的落叶松，你觉得我说得对吗？我还要告诉你，每次下过雨，我都到你身边来。你知道为什么吗？雨水把你脚下的松针梳理得特别美，像鸟的羽毛那样和谐有序。如果在空中看这些松针，就像一片褐色的羽毛铺在树林里。于是我明白了你为什么要把树叶变成松针的样子。它们不会被风吹跑，雨水重新排列它们，一根挨着一根，像摆在火柴盒里。那些不落叶的红松啊，樟子松啊，脚下没有这样雅致的景观，我很羡慕你。

亲爱的落叶松，你能从天空飞过的鸟儿中认出我吗？首先，我要告诉你万度苏草原的天空上有多少种鸟，最少有一百种。喜鹊说有一千种鸟。喜鹊喜欢说大话，他说的话，你相信十分之一就够了，所以是一百种鸟。而我是这一百种鸟里最漂亮的鸟。假如有一天早晨，二十多种鸟飞到你的树枝上鸣叫，你怎么能认出我呢？我告诉你一个诀窍，我的头上有羽冠，冠的意思是帽子。我的脊背是灰褐色的，眼睛周围有白色的线，我们叫眼纹，尾巴尖是黄色的。所以你看到我之后，先跟我打招呼，太平鸟你好呀，你真漂亮啊。我回答说，落叶松你好呀，我们是老朋友啦。哈哈哈，我们就这么定了。

亲爱的落叶松，你收到我这封来信后，别急着给我回信，我还要去很多地方。你听说过翁根毛都吗？那是一片沙漠，我要去看看沙漠里的湖泊有没有干涸，湖泊里的小鱼味道非常鲜美。你听说过高格德山吗？那座山长野韭菜，我爱吃野韭菜花，它能让我的胃里不生虫子。我还要去羌木伦河边晒太阳，河滩的沙子像贝壳一样白净，我晒完太阳在那里做一做沙浴。然后我去博格达山南面的查干扎戈达草原，那里有一片醋栗灌木，我去吃红醋栗。这样说来，我恐怕半年后才能回来。所以你不要急着给我回信，你先打腹稿，酝酿一下要跟我说什么，然后划分几个段落，分清先说什么，后说什么。行文要有一些抒情色彩，也可以用反问句。议论不要多，但一点议论都没有，会显得没深度。这是写信的基本章法。你的来信字数不要太多，多了，我弄不清你到底想说什么。所以写文章最重要的还是简洁。我相信这些道理你早就懂得了，谢谢你读我的信。

爱你的太平鸟

落叶松给太平鸟回信

亲爱的太平鸟，来信我收到了，谢谢你给我写信。你在信中向我传授写信技巧，我根本学不会。我觉得写信就是有什么说什么，谈不上抒情和议论，那不是一棵落叶松要做的事情。

我要写什么呢？对了，我喜欢小鸟。他们是一棵树最好的朋友。你想啊，身为一棵树，命里注定去不了任何地方。风每天刮过来，摇动我的树杈，催我赶快去别的地方。但我的脚被泥土固定了，不能动。我羡慕你飞来飞去，多好啊！每天清晨，曦光照进树林，鸟儿在歌唱。我分不清哪只鸟儿在唱什么，他们的歌词总结成一句话，就是天亮了。我认识黑枕绿啄木鸟、花尾榛鸡、灰椋鸟，还有你——太平鸟。从外貌看，你最俏丽。你的羽冠看上去和西藏喇嘛一样，你的白眼圈看上去和京剧演员一样。有一次，我看到你站在一棵落满白雪的花楸树上啄红红的花楸果，脖子一伸一缩，很快就把一个花楸果吃掉了。你高兴地在枝上跳来跳去，仿佛你吃下的不是花楸果，而是金戒指。你的歌声很好听。你知道好听的标准是什么吗？第一是声音要圆润，第二是长短句结合。这些你都做到了，所以你是一只可爱的小鸟，我愿意做你的朋友。

　　亲爱的太平鸟，你问我为什么落叶，我答不出为什么。我也不知道我的树叶为什么是针形的，这是天道。我们头顶有一个看不见的主宰，那是天。天掌管四季轮回，生生死死。天知道一切，却不向我们透露丝毫。我们只好顺从天意，除此之外，我们还能做什么呢？你问我落下的松针是不是我写给别人的信，我读到这里很激动，如果这些松针是一封封信该有多好呀，松针可以打开，上面写满了字，随便写什么都很好。我喜欢你的想象力，一棵树和一只鸟的命运都谈不上美好，如果你能保持想象力，这个世界在我们心里仍然是美好的，你觉得我说得对吗？

爱你的落叶松

灰兔给朝鲜白头翁写信

　　亲爱的朝鲜白头翁，你好吗？如果不算黄兔，你是我最好的朋友。夏天的早上，我和黄兔从你身边跑过，我每次都想停下来问你，你身上为什么披着那么多白毛，像一只流浪狗？但我每次都没停下，兔子的任务就是不停地奔跑。在万度苏草原，虽然有无数草木，但你离我最近。我每次外出找东西吃都会看到你，每次心里都出现一个疑问，你长得为什么像一只流浪狗？但是我给你写信要说的并不是这件事。

　　我想问你知道黄兔去了哪里吗，我已经三天没见到他了。大前天的早上，我们一起去乌力吉木伦河边饮水。太阳刚升起来，河水的波纹像漂过来许多弯曲的金线。饮水时，黄兔在河里发现一条小鱼。那条小鱼躲在石头下面睡觉，被黄兔的饮水声惊醒，甩着尾巴游走了，还回头瞪了黄兔两眼。我是说，小鱼往前游，回头瞪了黄兔一眼。过一会儿，他回头又瞪了黄兔一眼。一共两眼。你知道吗？鱼翻白眼是很难看的。黄兔打了个喷嚏，往西跑了。他并没告诉我去哪里，之后我再也没见过他。

朝鲜白头翁，我想念黄兔。这三天我脑子里始终有一个声音一遍一遍地问我，黄兔在哪里？快把他找回来！我去过很多地方找黄兔。我去过博格达山北麓的杜香灌木林、刺五加灌木林和毛榛灌木林，那里是我们喜欢去的地方。我还去过乌力吉木伦河边的白桦林，我和黄兔喜欢在那里吃野苜蓿草。河水在那里转弯进入浅滩，用不了数十个数，就有一条鱼跳出水面，翻个身落进水里。我和黄兔认为这些鱼很搞笑。我还去过羌木伦河边的黑醋栗林，那个地方离我的窝很远，我希望看到黄兔在那里偷偷吃黑醋栗。但我没看到他。我每一次出去找黄兔都相信这次能找到他，但每次都没见到黄兔，这对我打击很大。

我趴在窝里什么也不想干，我想睡觉却睡不着。我强迫自己想一想愉快的事情。最愉快的事情莫过于天空中的红隼俯冲飞下来，我突然急转身，红隼撞到石头上摔死了。引诱红隼摔死要有高超的技巧，你要吸引天上的红隼追踪你，但不能穿越没有遮蔽的开阔地，还要把红隼吸引到有岩石的山脚下。但是我想这件事的时候，脑子里仍然是黄兔的影子。有时候我打瞌睡，眼前有一个黄东西嗖地闪过，我立刻醒了。但这并不是黄兔，而是我的梦。所以我现在有点恨黄兔，他的离去让我的生活乱了套。黄兔是一只可恨的兔子。他如果知道我这么想念他，他应该立刻回来。你说黄兔有没有可能故意不回来，让我难过呢？

亲爱的朝鲜白头翁，你为什么叫这个名字？我问过黄兔朝鲜白头翁到底是植物的名字还是动物的名字。黄兔说嗯嗯，意思是他不知道。太平鸟告诉我，在乌力吉木伦河北岸，飞半个上午的时间就能到达一个地方。那里的人都是朝鲜族。他们种的水稻都长在水里，但淹不死，秋天还能打出稻谷。这些人全姓金。太平鸟说，这是因为他们手里都有金子。朝鲜族人吃饭的碗和筷子都是金子做的。他们从街上走过，兜里揣的金币哗啦哗啦响。你觉得好笑吗？朝鲜族人在院子里跳舞，女人穿白裙子，男人穿白衣服，套黑马甲。他们跳舞远远没有花尾榛鸡跳得好，他们只不过在原地转圈圈。你是从那个地方出来的吗？所以你叫朝鲜白头翁？

太平鸟说，世界上所有的植物都是从鸟身体里出来的。我问，这是什么意思？太平鸟说，鸟吃了植物的种子没消化，种子随他们的粪便在地上生根发芽，长成植物。你也是从鸟身体里出来的吗？他是一只什么鸟？是太平鸟还是花尾榛鸡？请你在回信中告诉我。

信写到这里，我的心情好了一些，但还是想念黄兔。他去了哪里呢？我在这封信的前面说过，我和黄兔是好朋友，这是真的。我和他一起找东西吃，一起上博格达山顶看日出。下雪的时候，我们互相依偎在窝里避寒。我把嘴巴放在他脊背上的毛里，他把嘴巴放在我脊背上的毛里。兔子最怕冻的就是鼻子和嘴巴。我们紧紧依偎在一起，很舒服。我从黄兔身上闻到了松香的气味，他可能在落叶松的落叶里寻找过松鼠埋藏的松塔。松香的气味很好闻。黄兔身上还带一些臭味，类似河里淤泥的气味，但不影响我和他的友谊。黄兔脊背的毛是干草色的、黄黄的，看上去很值钱。他的下颌和肚子是白色的。他两只耳朵立起来，落下，非常灵活。我现在很想念黄兔身上的气味，如果天下雪，我们一起趴在窝里多好啊，我想多闻一闻他身上的气味，即使臭也不要紧。

还有一件事，我不知道要不要对你说。乌力吉木伦河拐弯处有一块扎着红松板材篱笆的地，那是一个养蜂人开辟的菜园。养蜂人种了圆白菜、芫荽和胡萝卜。我最喜欢吃那里的胡萝卜。为了方便进入，我在篱笆下面掏了一个洞，平时用干草盖着。这件事我没有告诉黄兔。有一天，我去吃胡萝卜，黄兔跟在我后面，发现我独自吃胡萝卜，他非常生气，三瓣嘴一直在哆嗦，前胸起伏不定。我解释说我还没来得及告诉他。黄兔气愤地让我不要讲了，还说我不是一个好朋友。说完他就跑了，三天没有理我。但是我们后来和好了，因为我每天都给他带一根胡萝卜，而我吃养蜂人种下的红薯。这件事我现在想起来很内疚，我应该跟黄兔一起去吃胡萝卜，就算被养蜂人抓住打死也在所不惜，因为我们的友谊超过胡萝卜的价值。

朝鲜白头翁，请你告诉我，黄兔是因为这件事离开了我吗？请你把所有的答案都告诉我。如果你发现黄兔跑向哪个方向了，也请告诉我。

爱你的灰兔

朝鲜白头翁给灰兔回信

亲爱的灰兔，你的信我收到了，我理解你失去了黄兔之后的伤心。你们俩朝夕相处，你在不知不觉中把你和他融为一体。他离开之后，你觉得失去了一半身体和心灵，为此焦虑。你实际寻找的是你自己。

可是，黄兔去了哪里？我也在思考这个问题。思考时我把紫色的花朵稍稍转向风的方向，让风吹动花朵上的白色茸毛，表示我在动脑筋。我想来想去，真想不出黄兔去了哪里。如果黄兔登上了博格达山，他会不会脚下一滑，落进了深渊？假如他想渡过乌力吉木伦河，到河的对岸吃农民种的胡萝卜，会不会在渡河时淹死？我这些推测恐怕会让你难过，但我仅仅是在推测而已。我盼望你读这封信的时候，发现身后的毛榛灌木林簌簌作响，回头一看，黄兔就站在那里，他的三瓣嘴动啊动的，嚼着一根青草。我还希望在你睡觉的时候黄兔来到你身边，你在睡梦中感觉耳朵边有热乎乎的气息，睁眼一看，黄兔站在你身边，用大大的眼睛看着你。我这样说你是否感觉好受多了？

　　亲爱的灰兔，我不像你，能在林中跑来跑去，我只是僵直地站在土地上。我的左边是一个土坡，长着高高的灰蒿，每天都把刺鼻的气味传过来。我前面是三棵白桦树，他们从一个树墩里弯着长出来，树干向后弯，再向上伸直，好像捧着一个大笸箩。我的右边是树林，有落叶松、云杉和绣线菊灌木。我看到兔子（也就是你们），还有狼、狐狸、松鼠、黑琴鸡在树林里跑过。我不知道那些跑过的小动物，我是说兔子、松鼠、黑琴鸡，在跑过之后还能不能跑回来。我甚至不能确定他们是否还活着。你知道，树林里有狼和狐狸，他们是残忍的食肉动物。好在他们不吃草，我得以幸存下来。不过话说回来，如果哪只动物吃掉我，那他十有八九活不成了，因为我身上有毒。最难以置信的事情是我亲眼见过一只狐狸咬死一只兔子的全过程。狐狸吃掉兔子的内脏后，非常潦草地吃了几口兔子的后腿肉，然后跑到乌力吉木伦河边饮水。你想想看，这只倒霉的兔子的尸体摆在离我不远的土地上，我一睁开眼睛就能看到这具没有内脏的尸体，皮毛翻开，脖子扭曲。我吓得闭上了眼睛。第二天破晓，这只死兔子还保持着这个姿势。我非常恨那只狐狸，他如此草率地对待兔子的尸体。我是说他吃掉兔子的内脏后应该把这只兔子叼到草丛里，挖一个坑埋好，这是最起码的尊重。但你指望不上狐狸讲礼貌，你不能指望狐狸做任何善良的事。这只死兔子在我面前躺了很久。天最热的时候，好多苍蝇爬到他身上，让我感到痛苦。有一天，狐狸跑过来在我身边莫名其妙地站着。我看到他那吊梢眼和黑嘴巴，简直恨死他了，心里说，快吃我，快吃我，快吃我！我想让狐狸咬断我的花瓣和叶子，咽到肚子里，然后毒死他。可狡猾的狐狸并没有吞下我，他东张西望一番，踮着脚尖跑到博格达山那边去了。

亲爱的灰兔，黄兔的命运掌握在老天爷手里，他会遭遇各种可能。如果黄兔因为你没跟他分享胡萝卜而离开你，反倒是最好的结局。这不比被狐狸咬死更好吗？

好了，灰兔，我们说一说有趣的话题吧。我生来就叫这个名字——朝鲜白头翁，而我心仪的名字是银莲花，还有金合欢，叫西伯利亚刺柏也不错。但是他们认为你是朝鲜白头翁，你就只好当一辈子朝鲜白头翁。你说的朝鲜族人的村庄让我很向往。你知道我最向往什么吗？就是每个人的口袋里都有金币，走起路来哗啦哗啦响，太幸福了。我想象他们在夜里走路，口袋里的金币也会哗啦哗啦响，所有动物都不敢侵害他们。可是，我怎么才能去那里呢？我想了很久，只有一个办法。让我的种子被太平鸟吃进肚子里，太平鸟到那个村庄的上空盘旋，种子降落在村庄的地里生根发芽，这样我第二年就能看到这些朝鲜族人跳舞了。如果你见到太平鸟，请把我的愿望告诉他。

亲爱的灰兔，你读了我的信，可能以为我在暗示黄兔被狐狸咬死了，这不是我的本意。我只是说，如果你想到了事情的最坏结果，那么其他结果就都是好的。你不必让自己过于焦虑，你想想看，你和黄兔早晚有一天要分离。比如你被狐狸咬死了——请原谅我这样说，但这种可能性也是有的——黄兔像你这样焦虑，你心里好受吗？或者有一天树林发生了火灾，所有的动物都被烧死了，那不比分离更糟糕吗？看到这里你应该理解我的提示——你还活着，你在给我写信，你在读我写给你的信——这其实是最重要的，我们都活在当下，这是幸福的根源。如果你读了我的信感到不适，就请接受我的道歉。祝你的心情一天天好起来。

爱你的朝鲜白头翁

（欢迎你在下一封来信中称我为银莲花或者金合欢）

银耳环给炕席写信

亲爱的炕席，你好，我是银耳环。十五年前，我随女主人杨吉德玛来到男主人巴达荣贵的家里，第一眼就看到了你——炕席。

巴达荣贵的家，墙上和窗台全是新抹的黄泥，窗户上钉着透光的塑料布。墙和炕都露出直线，没有家具和被褥阻挡。地上一个木板凳上放着马鞍子，但没有皮鞍鞯。马鞍边上放着三个化纤口袋，里面装着马铃薯、红薯和糜子米。屋子里最耀眼的是你——炕席。你用金黄的色泽让这间房子洋溢着富贵的气息。远看炕席上有密密麻麻的横纹和竖纹，我以为这是巴达荣贵用木尺画的装饰图案。我走近看，才发现你是一领席子。一

个手指宽的篾片钻进另一个篾片底下，谁知道又怎么钻出来，把另一个篾片压在肚子底下。所以炕席上有无数篾片，好像一边的篾片正在横渡一条由另一边的篾片组成的河流。

杨吉德玛坐在炕上，用手摸炕席。炕席光滑，泛出象牙黄的颜色。巴达荣贵站在地上，用右手拇指搓左手的手背，他为自己的贫困感到羞愧。我觉得他房子里有一领新炕席就算不上贫困。巴达荣贵不知趣地说了一句话，他说炕席是今天早上他姐姐送给他的。杨吉德玛什么话也没有说，她盘腿坐在炕席上，用手撑着头，眼泪从手指缝流到手背上。

从第二天开始，杨吉德玛和巴达荣贵起早贪黑做牧业活，炕席上逐渐增加了一些东西——带枕套的枕头、粉色的枕巾、两床被子、两床红腈纶毛毯。他们给窗户安上了玻璃，挂上窗帘。这是杨吉德玛挺起大肚子时候的事。她生下了大儿子哈日乎，接着生下了二儿子查干乎和三儿子宝日乎，而他们家增加了红柜子、座钟和电视机。止疼片放在炕席底下，方便吃；止咳糖浆摆在红柜子上，塑料盖拧开了，方便喝。等到宝日乎上学了，巴达荣贵和杨吉德玛已经有七百多只羊和八头牛。巴达荣贵满头白发，还有着酱牛肉一般的脸膛。杨吉德玛脸色更黑，跟荞面血肠差不多。好在我还挂在她耳垂上，银晃晃的，使她看上去还像一个女的。

亲爱的炕席，你一直待在炕上，哪里也没去过。现在你上面铺着白羊毛毡子，白羊毛毡子上面铺着棉褥子，棉褥子上面盖着湖蓝色的炕单，一般人见不到你的真面目，你变得很神秘。串门的人坐在炕头说话，低头看，略微能看到你的身影——篾片从炕单下露出一点点，仍然是黄色的，但变成了烟熏黄，挨着黑色的榆木炕沿。

亲爱的炕席，写这封信时我突然想到，你的篾片这么光滑，你成为炕席之前是什么植物的皮？我见过的花楸树、胡枝子树和榆树，他们都没有你这么光润的树皮。还有，你现在算不上完整的炕席了，炕头部分烧出洗脸盆大的黑窟窿，露出了炕土。这是你为巴达荣贵家里做出的牺牲。

最后，我要回答你一个问题，你肯定会问我为什么给你写信，我这样回答你：我是一个勤于写信的银耳环，我几乎给这家所有的东西都写过信。可能你不相信，我给箱子、玉米棒、马铃薯、镜子、半导体收音机、杨吉德玛的金戒指和她的头发写过信。我给窗帘、火炉子、碗和筷子都写过信。我给夏夜里嗡嗡叫的蚊子也写过信，但不知道他收到没有。我还给外屋

大铁锅冒出的水蒸气写过信，然后是给你写信，你不会感到意外吧？

爱你的银耳环

炕席给银耳环回信

亲爱的银耳环，我很珍惜你的来信。我从来都不知道我在别人眼里的样子，你清楚地说出我十五年前的样子，而且毫不费力地写出这家人十五年中的变化，让我非常钦佩。你不愧是银耳环，我觉得金耳环也写不出你这么好的信。

亲爱的银耳环，我第一次看到你，是在你所说的十五年前。作为炕席，实话说，我真的记不住多少年了。那时候你挂在新娘杨吉德玛的耳朵上，她的耳朵白皙，像两片羊尾的油脂。她的脸像一朵波斯菊那样美丽。每当杨吉德玛转身或仰头大笑时，你敏捷地跟着摇晃，闪耀光芒，比天上的月亮还好看。你天生高高在上，挂在女主人杨吉德玛的耳朵上。她能看到什么，你就能看到什么。她去哪里，你就去哪里。而我作为一领炕席，只能老老实实地趴在炕上。如果炕烧得太热，我被点燃也无法逃离。

你在来信中提醒我在巴达荣贵家生活了十五年的时间。前五年，我在炕上思考一个问题——我为什么要铺在这里？没有人回答我，我只好独自思考，但找不到答案。直到有一天，巴达荣贵把从西乌珠穆沁旗买来的三床白羊毛毡子铺在我上面时，我才恍然大悟，我的作用仅仅是为了盖住炕土，让巴达荣贵的家看上去不那么穷。他结婚的时候，一件家具也没有。有人问他，你有家具吗？巴达荣贵回答，我有炕席。

我明白这件事之后，觉得有些悲哀。我铺在炕上仅仅是为了盖住炕土，这是一项毫无创意的工作。而且，他们买来白羊毛毡子立刻盖在我身上，又虚荣地把棉褥子和炕单盖在白羊毛毡子身上。我感到自己毫无价值，心里像被刀剜了一样。后来我想，我本来也没有什么价值，索性在他家混吧，让白羊毛毡子、棉褥子和炕单替我挡挡尘土，也是很好的养老方式。

亲爱的银耳环，我很喜欢你的名字。请允许我多说几遍——银耳环，银耳环，银耳环。往下我要说什么呢？哦，想起来了，你问我做炕席之前是什么植物。我太想告诉你了，我是高粱。你惊讶吧？高粱是东北大地最漂亮的庄稼，是庄稼里的美男子。那种偷偷摸摸在腰里长苞谷的玉米没法跟我们比，还有水稻，他个子很矮，每天泡在水里。至于马铃薯，还用往下说吗？马铃薯……高粱长在山坡地，个头比人还高，但很苗条。秋天，高粱顶着红穗子，像举着火把。你以为高粱的优点只有这些吗？错了。高粱最了不起的成就是酿酒，所有的美酒都离不开高粱。你知道人喝了酒，为什么会脸红吗？如果你有脑子，立刻会想起高粱穗是红的，人喝了酒，脸当然会红。高粱被收割之后，穗子脱粒变成了米，高粱秸秆被劈成了篾片，结果呢，变成了炕席。

亲爱的银耳环，十五年过去了。你在信中说巴达荣贵和杨吉德玛的脸分别像酱牛肉和荞面血肠一样，我理解你的意思是说他们老了。但你始终没老，你仍然银光闪闪。更了不起的是你写了这么多信，箱子和大铁锅的水蒸气收到你的信，一定会感谢你。我觉得他们和我一样，从来没收到过信。我要说的话就是这些，其实我想多写一点，但我不知道下面要说什么。

你的朋友炕席

银莲花给水獭写信

亲爱的水獭，你好吗？我特别喜欢你。你从河里游过来，脊背闪耀着黑宝石的光泽，水如透明的风从你背上划过，没有波浪。我才知道水是多么温柔丝滑，而你最懂得在水里享受。我见过水里的鱼和虾，鱼的泳姿比你生硬。你是水中的舞蹈家，把水的柔软演绎得淋漓尽致。虾不会游泳，他们在水里跳几跳，然后静默，像做梦。你游过来，我仿佛听到哗哗的水声。水贴着身体流过该有多么清凉。你有深邃的目光和长长的胡子，像一位老船长。

亲爱的水獭，我是银莲花。万庹苏草原的花太多了，你也许没有注意过我，但我自认为开得最好看。我开白花，有黄色的花蕊。我的姐妹们开粉花，花蕊也是黄色的。你想起来没有？哪天你游上岸，喊，银莲花，银莲花。我晃一晃头，表示看见了你。

白乌鸦说你是鱼，不会吧？鱼怎么能爬到岸上晒太阳打滚，还跑来跑去呢？鱼不会游上岸，停留在陆地上的鱼一定是死鱼，是被浪冲上岸的。你在岸边玩耍结束又能回到水里，多么聪明。可是你吃什么？鱼在水里吃草、小虾，松鼠吃昆虫和浆果，你吃什么呢？斑鸠说你其实是土拨鼠，化装成鱼在河里游泳，这是真的吗？人也在河里游泳，但他们并不是鱼。你的家在水里还是岸上？请你回信告诉我。如果保密不愿说，我就不问了。

亲爱的水獭，我一直在思考你的事。我觉得你的腿有些短，再长一些就好看了。另外，我没听过你的叫声。我觉得你的叫声一定很好听，比蒙古百灵更纯真。有月亮的夜晚，如果水獭在河面合唱，查干木伦河会变成天堂。

亲爱的水獭，你擅长游泳实在太幸运了。你不知道陆地的动物多么凶残，狼和狐狸看到你，会咬死你，吃你的肉。但你进了水里，他们就没办法了。如果兔子、松鼠、花栗鼠、黄羊和狍子都擅长游泳，狼和狐狸就饿死了，他们早该饿死。可惜兔子、松鼠、花栗鼠、黄羊和狍子不擅长游泳。

现在是早晨，大地的白雾稀薄，渐渐消失了。你知道雾去了哪里吗？太阳没出来那会儿，这些雾从地面涌上来，一点儿声音也没有。他们如此拥挤，我甚至看不到脚下的叶子。他们在搞什么呢？我想过，如果雾里藏着狼和狐狸，小动物就完了。不过雾这么浓，狼和狐狸应该看不清小动物藏在哪里。

雾散了，你不敢相信万度苏草原这么美丽。落叶松的鳞片翘起，估计能挂破丝绵般的白雾。落叶松笔直生长，高过其他树。松鼠夸耀自己在落叶松上跑得快，其实他利用了落叶松斑驳的树皮。如果是一棵光滑的白桦树，松鼠跑那么快早掉下来了。在我们身边，唐松草开白色或紫红色的花，野百合开白色、红色和黄色的花。胡枝子树开的紫红色的花像蝴蝶，花瓣像翅膀向后背着。你知道胡枝子最搞笑的是什么吗？他的种子像把豆荚挂在树上。不知道的人还以为他把大豆的豆荚摘下来挂在树上呢。

远处传来大杜鹃鸟的歌唱，每个乐句都是两个音——布谷，布谷。好像在招呼自己的孩子，孩子的名字叫布谷。但是大杜鹃鸟如果有三个孩子，会叫同样的名字吗？应该叫大布谷，二布谷，三布谷。但大杜鹃鸟并没有这样叫。如果你听到身边传来唰啦唰啦的声音，不是风吹树叶的声音，也不是小绿蛇爬过蒙古栎树落叶的声音，而是溪水的声音。他的声音压得这么低，好像甲虫们在交换秘密信息。

小溪里躺着干净的鹅卵石，铺着黄色的河沙。以你的个头，在小溪里没法游泳。水太浅了，松塔落到小溪里，还露着头呢。你像潜水艇，适合在深深的湖里游泳。也许湖底有好吃的东西，这完全有可能。

我接着说大地的事情。太阳升起来，树上干枯的叶子落下来。其实不必落，太阳不是风，枯叶为什么要落呢？天上的白云为阳光让路，堆在天边，蓝天无边无际。阳光照过来，树林里的湿气往上蒸发。落叶被雨水打湿，有腐烂的气息。黄羊跑过树林，他跑着跑着跳起来，翘起短短的尾巴。谁也不知道他为什么要这样做。一直向前跑不好吗？为什么中途跳起来？是方便猎人瞄准吗？

亲爱的水獭，大地上有许多故事，你上岸的时候请来到我身边，听我为你一一道来，这样就不用写信了。你知道，写信很累，我只是一朵花，手腕子太细，握着笔，过不了一会儿手就酸了。看到这里，你应该知道我给你写信的目的了，我的目的是请你上岸，到我身边待一会儿。我想仔细看一看你的胡子和锦缎似的皮毛，还想看一看你的爪子是不是像野鸭的爪子那样，趾间连着蹼。

你的朋友银莲花

水獭给银莲花回信

　　亲爱的银莲花，我收到了你的来信。你是花朵，所以信写得这么温柔。谢谢你关注我，但我们水獭不希望被关注。关注意味着危险，不是吗？为了生存，所有的动物都会动，然而移动会被天敌发现，引来灾祸。当然，你的关注是善意的。你赞美了河水和我的皮毛，谢谢你。

　　我是水陆两栖动物，既能在陆地上生活，也能在水里生活。我憋一口气可以在水底下潜游六七分钟，这是很厉害的。潜游的时候，我自动关闭耳朵，防止进水，这也是很厉害的。你来信说你喜欢水。我和你一样，也喜欢水。在水里，我的身体和水没有间隙。水不会阻挡我，反而会帮助我。水温柔，我轻轻地抚摸他，他也会轻轻地抚摸我。水透明，在水里可以看清前方的路。水最可爱之处是可以让我漂浮，到哪里去找比水更可爱的东西呢？找不到的。水是世间最可爱的东西。水里不光有你说的鱼虾，水底还有贝类，那是我们的食物。像你说的，鱼不能到陆地上活动，因为他们没有脚，也不能在陆地上呼吸。

你说我们腿短，这正好是我们的长处。如果我们有马那样长长的四肢，就没法在水里游泳了。你说得没错，我们的爪子上带蹼，跟野鸭子一样，这是为了方便划水。你可能会问，鱼没有脚，怎么也能在水里游动呢？亲爱的银莲花，鱼是靠尾巴摆动向前游的，你懂了吗？

你在来信中说我们的皮毛漂亮，我看了胆战心惊。你知道吗？正因为皮毛漂亮，人类把我们杀死，用我们的皮毛做围脖。我简直无法想象，把死去的水獭围在脖子上是为了什么，是用这个证明他是凶手吗？所以我们悔恨自己有锦缎似的皮毛。如果我们像癞蛤蟆，生存率会比现在高。我们的皮毛好看不好看，不是自己决定的，但这件事却决定了我们的生死。银莲花，说到这里，我感觉很悲哀，恨不得深深地潜到水下，永远不上来。你是一朵花，不知道世间发生的悲剧，我们还是说一说愉快的事情吧。

我经常到岸上去，喜欢待在绣线菊的阴凉下面吃昆虫，看树叶里的鸟儿跳动。绣线菊像一张巨大的网，开着密密麻麻的粉花。我相信绣线菊一定不知道自己开过多少朵花。我数过，但数不过来。这些花一定超过了一万朵。每团花由密密麻麻的小花组成，好像用绳子捆在了一起。这么多的花怎么能数得清呢？我喜欢听蒙古百灵唱歌，我觉得他肚子里藏着另一只蒙古百灵，两只鸟抢着唱歌。我想想，大地上还有哪些好玩的事情。嗯，松鼠有趣，他翘着大尾巴，在林间东张西望。黑琴鸡在花楸树边的空地上漫步，尾巴翘起三根高高的白羽毛，非常骄傲。

大地可爱，河也可爱。可惜水里没有鲜花盛开，也不长树。但是水里有草，水草的枝叶很长，像大袖子摆来摆去。草底下有小鱼在静静地睡觉。小虾隔一会儿蹦一下，好像做噩梦了。

亲爱的银莲花，你说你开白花，还有开粉花的姐妹。我相信都好看。欢迎你们到水底下来玩，我领你们去有趣的地方。你问我的洞穴安在哪里，我不会告诉你的。所有的动物都不会说出自己洞穴的位置。但你要相信我们有洞穴，我们在里面睡觉，那是我们的家。其实我想对你说很多事情，但

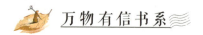

一下子想不起来了。跟乌鸦和斑鸠比起来，我见到的事情很
少。他们飞过很多地方，见过很多东西。他们站在树上哇啦
哇啦大叫，在讲述自己的经历，我做不到这一点。我又想起
一件事：你的花香吗？

爱你的水獭

蝴蝶给波斯菊写信

亲爱的波斯菊，你知道吗？主人阿拉木斯的两只小山羊恋爱了。阿拉木斯有两百多只绵羊。每天清早，阿拉木斯赶着这些绵羊去扎格斯台河西边的草场吃草，天黑了才回来。他们咩咩叫着往家跑，像一片翻滚的白石头。

这两只小山羊是阿拉木斯的女儿葛根花从新疆买来的宠物。他俩跟绵羊不合群，也不去扎格斯台河西边的草场吃草。他俩吃菜叶子，吃主人丢掉的苹果核，站在房顶向远方眺望。

阿拉木斯拿他俩没办法。他训斥他们，打他们，把绳子拴在他们脖子上拽。他俩就是不服从，用小小的犄角顶阿拉木斯。他们可怜的犄角比人的小拇指还小。但他们勇敢，就是不屈服。

这两只小山羊，一只叫莲花，一只叫珊瑚。天知道他们怎么会有这么好听的名字。我是蝴蝶，每天像穿梭梦境一样飞来飞去，至今还没有名字。而你呢，波斯菊，你长得比阿拉木斯家的窗台还高。你有比韭菜叶子还宽的花瓣，有鸡蛋黄那么大的花蕊。但你仍然没有名字，这太不公平了吧？

我接着说两只小山羊的事。他俩来到阿拉木斯家一年多了。黑山羊莲花的皮毛像水獭一样光亮。她警觉，用粉色的鼻子闻一闻笸箩，闻一闻鸡食槽子，看有没有坏人下毒。白山羊珊瑚是公山羊。他性情温和，经常站着回忆往事，睫毛垂下来像两把木梳。

他俩小时候打架，绕着牛车来回追，长大后变得有些腼腆，好像在恋爱。你问我懂不懂恋爱，我当然懂。在昆虫里面，我最懂得恋爱。蝴蝶为什么不直直地往前飞？这样飞没品位。我们往东飞两下，往西飞两下，表示我们正在恋爱，有好多心事无法决断。只可惜，至今还没有哪只蝴蝶爱上我。

有一天，一只大胡蜂领着一群小胡蜂追求我。大胡蜂六条黄褐色的腿像穿了靴子一样。肚子上的黑道不是七道就是八道，我没仔细看。我扭过头，告诉他们我从来没考虑过胡蜂。他们说话声音太大，震耳朵。我们蝴蝶说话从来都是静悄悄的。我们不靠声音大来取悦对方，而是用手势和眼神传递情感。我对胡蜂说，你去跟苍蝇恋爱吧，苍蝇才配得上你的嗡嗡嗡。

我还要说山羊的事。早上，黑山羊莲花在阿拉木斯种在院子里的胭粉豆花瓣上蹭蹭脸，表示洗过脸了。白山羊珊瑚模仿她，也和胭粉豆花瓣贴脸。然后，莲花领着珊瑚来到房后的小河边。莲花用牙咬断一朵白色的野百合花，放在珊瑚面前。珊瑚用牙咬断一朵白色的野草莓花放在莲花面前。他们互相赠送订婚礼物。当时我在他们身后的天空中跟踪，可能我翅膀扇动的风太大，莲花发现了我。她向珊瑚使了一个眼色，后退一步，气势汹汹地用犄角顶我。当然，她的犄角顶到了空气上。我有些羞愧，偷窥别人恋爱不是一件体面的事。我赶紧往高处飞，飞到花楸树顶上，躲在白花后面，让花瓣挡着我，继续观看他们恋爱。

两只小山羊来到河边。珊瑚的蹄子踩到一点点水就不敢动了。山羊不喜欢水，但是他们发现这是一个照镜子的好地方。莲花走过来，对着水面往左转转头，往右转转头，欣赏自己的仪态。一只山羊如果不恋爱，不会这样自作多情。动物来到河边，从来都是喝水，喝完水就急匆匆走了，不在河边停留。他们可好，拿河水当镜子照。照一会儿，他们抬起头互相看看，低头继续照镜子。然后呢，他们伸出脖子，把头放在对方后背上，像在拥抱。

还有呢，白山羊珊瑚往前跑，跑到醋栗灌木边上吃醋栗。黑山羊莲花也跑过去吃醋栗。他们的嘴唇被醋栗染得比口红还鲜艳。傍晚时分，他俩跳上羊圈边的土墙，朝西眺望。启明星升起来了，天黑了一多半，阿拉木斯赶着羊群回到家。他俩高兴地在墙上跑，好像这是他们的羊群。

莲花和珊瑚还有好多故事，我讲给你听。他俩在一个盆子里喝水，就是阿拉木斯放在窗户下接雨水的搪瓷盆。他俩一起追赶草丛里的青蛙，一直把青蛙撵到河里。他俩研究村里垃圾堆的一块碎玻璃，以为那是宝石。他俩偷看母鸡下蛋，被公鸡撵跑了。

我把他们恋爱的秘密告诉了啄木鸟。啄木鸟好古板，说这不算恋爱，还说两只小山羊不过是一对好朋友。啄木鸟的话让我很生气，我好不容易发现了恋爱的动物。为了盯梢他们，我花费了那么多气力。啄木鸟真无情。难怪他每天孤零零地敲树干，不管他怎么敲，也不会有另一只啄木鸟爱上他。

我想来想去，觉得你是最懂浪漫的花，于是给你写信。亲爱的波斯菊，你说两只小山羊是在恋爱吗？我真希望他俩恋爱，如果他俩仅仅是好朋友，不是情侣，我会非常伤心。呵呵，偌大的万度苏草原，竟然找不到恋爱的动物，多无趣。牛不恋爱，马不恋爱，刺五加灌木不恋爱，唐松草不恋爱，连天上的云彩都不恋爱，让人窒息。如果这里没有恋爱者，我选择离开，去有爱情的地方。

你的朋友蝴蝶

波斯菊给蝴蝶回信

亲爱的蝴蝶，谢谢你给我写信。你知道我为什么在风中摇晃吗？我在等待有人给我写信。今天终于等来了你的来信。我读了两遍，读到两只小山羊把头放到对方背上那一段，我几乎要落泪。我相信这就是恋爱。你千万不能离开万度苏草原，要继续给我写信。

亲爱的蝴蝶，我也喜欢恋爱，虽然我不懂恋爱是怎么回事。我先让自己的花朵鲜艳起来，然后在风中摇摆，像是在跳水兵舞。我小口喝花瓣上的露水，假装这是醇香的美酒。乌鸦说谈恋爱要在月夜窃窃私语，所以在夜里我会用叶子蹭墙壁的砖头，发出沙沙的声音，让人们知道我也在恋爱。你知道，恋爱很累。我在风中舞蹈，不知不觉就会睡着。

可是，如果有毛虫爬到我的花蕊上，我就会不顾及恋爱所需要的矜持，愤怒摇摆，把毛虫抖到地上。天气转凉，我看到燕子都往南飞，没有一只掉头往北飞。我知道寒冷的冬天要来了，没有恋爱的必要了，便不再摇摆，也不再用叶子蹭砖头发出窃窃私语。

亲爱的蝴蝶，我觉得你如果不是蝴蝶，那一定是一朵花。我的意思是，你是一朵会飞的花，你的翅膀像花瓣。虽然你闻上去没什么香味，但不影响你在我眼中是一朵花。要知道，花是世上最美丽的称谓。我从来不会说牛是一朵花，马是一朵花，但你配得上是一朵花。

亲爱的蝴蝶，我还要向你请教一些问题。你为什么飞得那么慢？是显得优雅，还是显得你有很多心事？那些平庸的鸟，我在说麻雀，飞起来像一个贼。他们突然冲到房顶，再突然冲到野山楂树枝上。如果让他们慢点飞，他们恐怕会掉下来。你是怎么做到慢飞的呢？希望你在回信中告诉我。还有，你的翅膀那么大，像用手拽着床单飞翔。落在花上，你的翅膀不像鸟儿那样收拢，而是立在背上。这是为了方便人用手捉住你吗？

你说你静悄悄地说话，我想了想，你确实是这样。我从来没听到过你喧哗。你被野蔷薇刺痛也不会叫喊吗？或者，你的喊声像蜘蛛网的丝一样细，我们听不到？

亲爱的蝴蝶，你的手看上去很小，能抓住要吃的东西吗？我对你有好多疑问，但我们今天在讨论恋爱的话题，就不说其他的事情了。

亲爱的蝴蝶，刚才你说一只大胡蜂领着一群小胡蜂来追求你。我太吃惊了，他们是打群架吗？大胡蜂为什么领着那么多小胡蜂追求你？这只胡蜂如果喜欢你，应该先到河边洗洗手，再洗洗脸，去吃醋栗，把嘴唇染得红一些，然后飞到你面前说甜言蜜语。对了，他应该给你带礼物，带一只蚂蚁蛋，一片花瓣也可以。他不懂恋爱礼仪，所以你拒绝他是对的。我也不喜欢胡蜂的嗡嗡声，像电视机找不到节目。挑剔地说，胡蜂的嗡嗡算不上语言。他只说出一个词——嗡，然后呢，还是嗡。连续不断地嗡之后他想说什么？没了，只有嗡。这是他恋爱失败的原因。但我不会提醒他，要让他自己醒悟。

牧民阿拉木斯家种了很多花，有木槿花、万寿菊、二月兰等，都很漂亮。你偏偏给我写信，证明我最美丽，也证明你有高尚的审美品位。有人说波斯菊是山里的野花，色彩太鲜艳。他们完全不懂审美。我如果像米粒一样开放，还能指望别人弯着腰观赏我吗？有人抱怨我们个头太高，他们哪里懂得，长得高才能在风中显示腰肢。大家都说湖里的睡莲好看，莫奈画过他。但睡莲没有腰，像一个紫盘子漂在水上。我看不出睡莲哪里好看。花的美丽一半在花瓣，另一半在腰肢，这是万世不易的警句。昨天，有一只甲虫爬到窗台上质问我为什么叫波斯菊。他说波斯早不存在了，现在叫伊朗。甲虫太可笑了，努鲁儿虎山的名字也很古老，你能因为他古老就改变他的名字吗？况且我还有其他名字。我又叫格桑花，还叫扫帚梅。扫帚梅有点土，我一般不用，平时喜欢叫波斯菊。至于波斯改成了伊朗，我根本不关心。

　　亲爱的蝴蝶，我希望你也有好多名字，就像有好几个化身。我盼望继续看到你的来信。即使不说恋爱的事，说别的事情我也很开心。

你可靠的朋友波斯菊

野蜜蜂给月牙写信

亲爱的月牙，你收到过信吗？是不是他们觉得你所在的位置太高，信投不过去，就不给你写呢？我不管，我一定要给你写信，请你帮我办一件事。所以你读这封信的时候，请不要转开脸，我就在你翘起来的尖下颌的正下方，我是野蜜蜂。

你听说了吧？我丢了一件东西，那是我的法宝。我们野蜜蜂的工作范围漫山遍野，所以我们常常迷失方向，离不开定位器。我的定位器是一个死去的蚂蚁王的头。蚂蚁王的头上有两只短触须，为我定位。我本来把它夹在胳肢窝。你知道我们野蜜蜂有两对膜质翅，前翅大，后翅小。飞翔时我用左侧的后翅夹住定位器，累了就换到右后翅。可是，这个蚂蚁王的头不见了，我迷失了方向。

我们野蜜蜂说的方向和人说的东西南北不一样，他们说得太简陋。我们说的方向是指我们与太阳之间的夹角。蚂蚁王的头丢了，我觉得所有的方向都是南。南南南南南，这给我带来精神困扰。我不断转身，用我的脸朝向北方，但北方也成了南。我再转过身，前面还是南。我趴在地上祈祷，觉得我面对的大地也是南。天哪，你体会到我的痛苦了吧？月牙，请你告诉我，这个蚂蚁王的头落在了哪里。你用你那尖尖的月牙的下颌指一下那个方向，我就能知道它在哪里，好吗？这件事对你来说不费什么事，你站得那么高，一定看得很远，很清晰。而且月光这么亮，世上所有的东西，你都能尽收眼底。别说蚂蚁王的头，就是蚂蚁走过的脚印，你也能看得清清楚楚。

这封信你多长时间才能收到？在你收到我的信之前，我去做什么？南南南南南，我几乎什么也做不了。亲爱的月牙，也许我还有一个选择，就是飞到月牙上，躺在你那个上翘的下颌睡觉，睡醒了就到你背面睡觉。你那里不会到处都是南吧？

从我这里仰望月亮，你很光滑，有点像死鱼的肚子。你每夜白白地泼洒月光，不浪费吗？你不能找点别的事做？我跟你说一个恐怕会让你沮丧的消息：有时候我们头顶阴云密布，看不到你，你白白地出现在夜空中，那些云彩出于嫉妒，挡住了你的光芒。我们以为你那天晚上没出来，以为你还在家里睡觉或者去河里洗澡了。所以你出门的时候要看外面有没有云彩。如果有云彩，你待在家里好了。这些云彩在夜空中飘舞，感觉自己就是月亮。我最了解这些云彩，他们最虚荣。不管你在做什么，他们缠缠绵绵地飞过来，飞过去，自己都不知道往哪儿飞。他们不整齐，我说的是所有的云彩边缘都不整齐，他们应该像马车一样方正，像一个四方形的屋顶一样飞过来。但他们没有这个实力。实话跟你说，云彩里边没有什么特殊的东西，只有水蒸气，有的云带着沼泽地蒸发的难闻的雾气。他们是一帮乌合之众，徒有其表。亲爱的月牙，你看见我了吗？我站在蒙古椴树下边，他的叶子呈革质，反射月光。他开黄白色的花，干花能泡茶。他的树杈上站着一只黑琴鸡，红冠子，屁股上有三根向上挑起的白羽毛。我的肚子是黄褐色的，有五条黑道。你看，我举起了左手，然后是右手，你看到了吗？如果看到了，你就晃一晃你的下颌。

亲爱的月牙，写到这里我不知道怎么往下写了，因为有一片云彩遮住了你的光亮。我是说，你读到我这封信的时候，云彩故意挡住你，不让你看到我的身影，不让我找回定位器——

就是那个蚂蚁王的头，我只能继续南南南。那该怎么办呢？我应该变得很大，像老虎那么大吗？如果是那样，我就飞不起来了，所以还是保持现在的体重好。

　　亲爱的月牙，如果你帮我找回定位器，我会把我收藏的宝物都送给你。第一件宝物是一对屎壳郎头上黑色的探须，你可以拿它们当筷子夹菜。第二件宝物是一片白色的银莲花花瓣，我原本准备用它做结婚的吊床，但我还不知道跟谁结婚，所以送给你。第三件宝物是蜻蜓的一只眼睛，我发誓他的眼睛不是我挖下来的，是从一只死蜻蜓头上滚下来的，正好落在我身旁。这只眼睛是绿色的，带荧光，像一颗宝石。我举起蜻蜓的这只眼睛向外望，看它是不是像望远镜一样能让我看得更远。对不起，什么也看不到。作为工艺品，这只眼睛还是蛮好的。你对这些礼物满意吗？你想要哪些东西可以在信中告诉我，我去寻找。你如果喜欢这些礼物，就请快一点告诉我蚂蚁王的头在哪里，我去找到它。

爱你的野蜜蜂

月牙给野蜜蜂回信

　　亲爱的野蜜蜂，你的信我收到了。你这么信任我，我很感动。我作为月亮不忍心欺骗你，不能为了让你满意，就随便用月牙的下颌向东指一指，向西指一指，好像是在帮你，实际上是在骗你。你的定位器落在了哪里，我这个位置看不到。你如果相信我，我对你说实话，我连你所在的那座山都看不清楚，它连灰尘都算不上。因为我们相距实在太远了。你所在的那个星球可能叫地球，地球在我眼里像一粒沙子。你见过沙子吗？沙子很小，像蚂蚁眼睛那么小。我怎么能分得清地球上哪里是高山，哪里是大河呢？更别说看到你的左手和右手了。

　　亲爱的野蜜蜂，你不要着急，我来告诉你怎样获得定位。

所有的昆虫都通过个体与星辰之间的夹角来确定自己的位置。你胳肢窝夹的蚂蚁王脑袋已经落后了。我说一下新方法：你去寻找一棵山茱萸树，他的叶子是卵形的，他开黄色的花。找到他，你用后脑勺在这棵树上蹭。要知道这种树有磁性，经过摩擦，磁性导入你的身体，然后你就获得了定位能力，可以飞遍天涯海角，清楚你前进的方向是南是北是东是西，还是东南、西南、西北、东北等。我知道，没有定位就没法飞行，而且头颅撞到树木上是很痛的。

你说你要飞到月亮上，这不算是一个好主意。先不说你要经过多少年或多少万年，也许要多少亿年才能飞到月亮上。月亮上的气温不适合你呀，白天月球表面温度高达一百二十七摄氏度，夜晚可降到零下一百八十三摄氏度，你觉得你能适应吗？我想你够呛。所以对你来说，月亮也就是看看而已，不一定要到上面来探查究竟。当然，如果你能飞到月亮上，我说的是"如果"，你会看到无与伦比的美丽景象。那时候，你看到的并非小小的山脉河流，而是浩瀚的宇宙。你听过"宇宙"这个词吗？世界上所有形容广阔的词汇加到一起也没有宇宙广阔，所以人们说宇宙浩瀚。浩瀚是什么样子？我来说给你听。宇宙没有开始，也没有结束。想一下，人们所说的"从东边到西边，从南边到北边"都是有开始和结束的。但宇宙并没有方位，没法用空间的坐标来衡量，也没法用时间的概念来计量。眼睛在这里看到了什么？看到了无尽的蓝色波浪。波浪里旋转无数金色的小星星，你现在置身于一颗星星上。尽管你没体察到星星的旋转与运行。星星们在运行，但并非向上，也并非向下；并非向前，也并非向后。星星们按照自己的轨迹运行。你所感受到的飞行来自周围参照物的移动，这里没有参照物，时间和空间在这里都结束了。宇宙无比浩瀚，无始无终。蓝色波浪之下，白色的光晕像潮水般涌动。不时，深蓝的潮汐融化了白色光晕。眼前这些耀眼的星星与其说在旋转，不如说在翻涌。星星们由一个旋涡翻出，如花朵一般，俄而变成更大的旋涡。如果可以比拟的话，眼前的浩瀚如同地球上的沙丘，只是这些沙丘的沙子全都飞了起来，化成蓝色，在天空中飞舞。而你所在的地球，亲爱的野蜜蜂，不过是这些沙子中的一粒。而你是地球上无数种生物中的一种，尽管你肚子上有五条黑道。如果把你放在宇宙中，谁能看见你肚子上的黑道是一条、两条，还是三条呢？也许你会问，宇宙里有野蜜蜂吗？我不确定有还是没有，但我能感觉到这里有我们想象不到的各种生物。而且，宇宙里的生物不一定会动，不一定有翅膀或者爪牙。生物可能是一种思想，藏身于一片羽毛里，也可能是一个能量块，存在于一粒沙中。宇宙的一切物体都在运动，没有开始，没有结束。每一种物体都精妙地运行在自己的轨道上。

亲爱的野蜜蜂，你听懂了吗？我希望你尽快找到山茱萸树，把后脑勺靠在树上蹭，这样你就拥有了定位的能力。

爱你的月牙

土拨鼠给闪电写信

亲爱的闪电，自从你去年在天空中闪了一次，我再也没有看到过你，很想念你。我差不多用一年的时间想念你，反正没其他事情可以做。

你去年来到万度苏草原是在六月份，风铃草开放钟形的淡紫色花。羌木伦的河水涨到岸上，把枯死的接骨木冲到草甸子上。然后你来了，在夜间。你是不是像猫头鹰一样只在夜间出来活动？你出来的时候太有排场了，广阔的夜空变成你的舞台，咔——你出现了，随即消失，前后只有一秒钟。当时我的脸都吓白了，四只爪子连带边上绣线菊的叶子一起发抖。你好像是一棵刺楸树的根须——长在天上的大刺楸树——突然暴

露。你这样做是为了什么呢？狐狸说你是上帝的胡须。

我请你在天空停留的时间长一些，让我们看清你。我记得你从夜空中靠北的仙女座冲下来，冲到芒列巴特山后就消失了。你在山边的河谷埋了什么东西吗？实不相瞒，我到那个地方去过了。我跑过羽状叶子的花葱丛，挂着松萝的冷杉林和一人多高、有闪亮革质叶子的杜鹃花丛寻找你的痕迹，我想或许能找到烧焦的东西。但什么都没有，大地上的青草没有变红或变白。你为什么要把树根似金箭般射向大地呢？是不是当时大地上有妖怪？你射中他们了吗？

我判断夜空中长着无边无际的白檀树林，谁也看不清他们的枝叶。你也是一棵白檀树，而我们这里是一座湖。你被其他树推进了水里，被我们看到了。这样说对吗？我想知道你掉进水里那一瞬看清我们了没有。

在万度苏草原的森林里，有开黄花的毛茛，有灰褐色树皮的水曲柳，还有蓝莓、黄百合、小叶杜鹃、刺五加和伏地生长的偃松。鸟类有黄鹡鸰、白鹡鸰、吃蜘蛛的戴菊莺，还有长着弯曲的喙的枸鹬。你咔一下照亮大地，他们都现形了，跑也无处跑。你甚至照亮了藏在小溪里的红鳍鲌身上白色的鳞片。你的性格很急躁，对吗？你照亮了我们后，穿上黑羊毛大衣去了锡林郭勒。

亲爱的闪电，我只是一只土拨鼠，想象力有限，我能描述的就是这些。下面我要对你说一件可怕的事情。

从去年夏天开始，万度苏村来了外地人。他们在草原上骑马、杀羊、喝酒、唱歌。晚上应该睡觉的时候，他们继续喝酒、唱歌。最可怕的是他们发现了我们。那天早上，太阳从博格达山顶升上来，像一个黄金的巨大车轮，但放射红光。从东边流过来的羌木伦河被太阳光染红了。我们土拨鼠认为这是一个好日子，把藏在洞穴里面的橡实搬出来，站在草地上吃。你知道我们站着吃饭，就像马站着睡觉。我们面向东方，用前爪捧着橡实咀嚼，样子像在朝拜。

看啊，一个外地人指着我们喊，快看，土拨鼠在祈祷，快去抓他们。这个人疯狂地喊叫，招来了其他外地人。他们很胖，身穿冲锋衣，头戴软檐遮阳帽，朝我们跑过来。我们藏进洞里。他们蹲着把抄网扣在洞口，找到了洞的另外的出口，点燃蒿草，用帽子往洞里扇。大团浓烟灌进洞里，我们没法呼吸，只好向外逃，便落进了他们的抄网。我以为他们要把我们带回家当宠物。不！我要悲愤地再说一遍，不！

这太可怕了，闪电。他们杀死了十多只土拨鼠，刮掉了他们身上的脂肪，装进瓶子里，说土拨鼠的脂肪是治疗烧伤最好的药。你可能想问，被杀害的土拨鼠包括我吗？我侥幸逃掉了，藏在山顶的毛榛灌木里看他们的暴行。关于这件事我不再说了。动物界有一首歌在传唱："可怜的土拨鼠，你死于自己的脂肪。"我死也不承认我的脂肪能治疗烧伤，我根本不知道什么是烧伤。

万度苏草原原来有两百多只土拨鼠，现在只剩下十几只。剩下的土拨鼠东躲西藏，想摆脱外地人的捕杀。我们盼望冬季早点到来，外地人离开这里。时间过得太慢了，每天都有外地人来到万度苏草原，我不知道该怎么办。

万度苏村的牧民从来没这样对待过我们。每当我们用前爪捧起食物，他们就说，霍日嗨，霍日嗨——意思是太惊讶了，土拨鼠好可爱啊。土拨鼠像婴儿一样吃东西。可是，外地人怎么忍心去杀害双手捧着食物的土拨鼠呢？

我们对牛说这件事，牛甚至不认真倾听，照样吃草，好像我们的倾诉不值得一听。我们跟燕子说这件事，燕子说，快飞走吧，去埃及，去北加里曼丹。可是我们的家在这里，而且我们没有翅膀，怎样才能到达埃及呢？我们的房子耗费了我们一生的精力。每只土拨鼠的家都有三个卧室、两个储藏室、一个客厅和一个卫生间。

我们现在改掉了用前爪捧着食物的习惯，因为我们根本不敢吃东西，也不敢回家，只能藏在二尺高的卫矛灌木丛里等待天黑。那些外地人在草地上喝酒、唱歌。如此残暴的外地人，杀死了土拨鼠，怎么还能唱歌呢？

亲爱的闪电，我给你写信并不是说他们唱歌的事。我想让你做一件事——直接劈死他们！以前我以为闪电是艺术品，像驴皮影一样。绵羊纳木罕对我说，真正的闪电可以劈死人，劈死树，劈开石头。我问他，闪电的边缘是刀剑吗？纳木罕说，闪电比刀剑还锋利。既然这样，你快去劈吧！

我等待黑夜的到来，盼望你出现在黑黑的天幕上。等这些外地人点起篝火唱歌跳舞的时候，你咔一下劈死他们。你如果从宝日罕山的方向贴地皮劈过来，不仅能一下劈死三个坏蛋，还能省一些电。快来吧，闪电！万度苏草原的土拨鼠只剩下十

几只了,我是其中的一只。

　　至于怎么感谢你,我现在脑子很乱,还没想出什么主意。我们可以送给你浆果,送给你橡实,我们在羌木伦河谷捡到的金沙也可以送给你。这些事都好商量。你到我们的家里来,喜欢什么就拿走什么,最重要的是快来劈死那些坏蛋。你今晚能来吗?

爱你的土拨鼠

闪电给土拨鼠回信

亲爱的土拨鼠，你们只剩下十几只，太可惜了。去年六月那个夜晚，我照亮万度苏草原，看到你们藏在草丛里，露出苍白的小脸，举着前爪向我叩首。

我要先纠正一个错误传说，我不是神兽。我只是闪电，不是一只动物。我不用四肢行走，也不会到河边饮水。我只是电而已。如果你非要问什么是电，我只能用沉默回答你。作为电，我也回答不了什么是电。为了便于你理解，你可以把我当作天空的一部分。我们虽然是电，但不能决定自己去哪里，不去哪里。你知道是谁决定我们的行动路线吗？是雷。对你来说，"雷"也是一个陌生的名词，但你应该听过天空传来的爆炸声吧，那就是雷。我应该向你解释清楚，雷不是用火药做的，雷来自云。你要耐心看下去。

天空要下雨，望不到边的云团身上带着电荷，他们挤来挤去，雷声响了，雨点落下来。打雷的时候也许有闪电，也许没闪电。但不是我们说了算，让你闪就闪，不让你闪就不能闪。我所说的可能会让你失望，但我要讲真话，免得你焦急地等待。我们闪电不过是大自然降雨过程中的一个环节，我们不是复仇者。绵羊纳木罕说闪电劈死过人，这样的事也许发生过，但纯属偶然。你想想看，我们离地成千上万米，要想瞄准一个人，把电送到他身上，这是多么难的一件事。我们没有这样的准头。大自然不允许相互伤害。如果大自然相互伤害，世界上就什么也剩不下了。

亲爱的土拨鼠，我满心想安慰你，但不知道怎么安慰。我不敢用闪电的手抚摸你们柔软的皮毛。我喜欢你们的眼睛，像两颗水晶似的黑豆，既可爱又愚蠢。我同情你们的遭遇，可是我没法帮你们。就算我今天夜里在万度苏草原连续放射五次闪电——就一次暴风雨而言，闪电最多放射五次，如果放第六次，我就会筋疲力尽，放出来的闪电像虚弱的烛火——这些闪电也并不能阻止外地人唱歌跳舞，更不能阻止他们第二天继续杀害你们。而且，过多的闪电可能会点燃牧民的草垛，引起牛群和羊群的不安。

你听懂了吧？我的意思是今天晚上我不去了，而且明天后天（包括下个月的明天后天和下下个月的明天后天）我都不会去万度苏，除非有下雨的任务。

你会问，还有别的办法对付那些外地人吗？我建议别去对付他们。你们从哪方面都对付不了他们。听我说这些话的时候，你们用眼睛看着自己的爪子，懂我的意思了吗？我的意思是你们赶快逃走。

世界这么大，哪里不能安家？不要留恋你们的小小的卧室、储藏室、客厅以及卫生间。如果我是你们，就往北走，走到万度苏草原北面的小兴安岭南麓。那里人烟稀少，山坡长着茂密的白桦树、蒙古椴树，开放银莲花、黄堇花和朝鲜白头翁。那里的草原广阔，生活着马、鹿、狍子、黄鼬和水獭，他们都是和平的动物。你们到了那里，重新建造自己的房子。

如果愿意，你们可以在洞穴挖三个卫生间。早上太阳升起来，你们照样用双爪抱着橡实和醋栗吞食，没人阻拦你们。那里有一条玻璃河，河里有船丁鱼和柳根鱼，像玩偶。你们想好了吗？想好了立刻出发吧！请把我的信读给你的同伴，你们结伴去小兴安岭南麓。也许我们会在那里见面，见面的时候还在夜里。

如果你看到了一道闪电，他的须子向上翘起，那就是我在微笑，说明我看见了你们。

爱你们的闪电

瓦片给北极星写信

亲爱的北极星，我早就想给你写信，怕你飞远了，找不到你。比我年龄大的瓦片说，北极星永远都会待在他应该待的地方，从来不到处乱跑。

夜晚降临，我先抬头寻找你。找到你，我才知道夜空还和昨天一样。老瓦片说得对，天上的星星不像乌鸦一样乱飞。夜晚的天空比白天更有秩序。你也看到了，白天的天空就是市场，随便什么云都来飘一飘。这些云不知道来自什么地方。野鸽子说，最远的云来自撒马尔罕。

这些云扛着臃肿的麻袋，手里推着肥皂泡沫似的手推车，在天空漫无目的地乱转。野鸽子还说，这些以流浪为生的云怀里抱着装扮成云的母鸡和公鸡；他们身后跟着同样装扮成云的驼鹿和仙鹤；装成云的老鼠更不可理喻；好多云在叠罗汉，伪装成辽塔在天空巡行。他们要做什么呢？对此我看不惯。人们说他们是白云。是的，这些云白白从天空飘过了，不做实事。我的意思是，他们本应该落在地上变成一座房子，让人住，或者让绵羊住。这么多云，本来可以变成大地上的一个村，但是这些云太不务实了，急于飘动。

他们知道变成一座房子的前提是要保持安静。假如你成了一堵墙，你要站在那里不动，扛着红松做的梁柁，梁柁担着也是红松做的檩子。三间房的房顶一般要担三十根檩子。上面盖着柳条编的篱笆。篱笆上抹泥，泥上面当然是我们瓦片。所有的房子顶上都是我们瓦片。这是做一片瓦最自豪的地方。

白云并不想变成村落。老鹰说，白云还没选定适合居住的地方。白云说那个地方要永远是春天，草地像湖面一样平整，上面有梅花鹿。河流上，人们划着木船用网打鱼。天上飞着蒙古百灵和啄木鸟。做梦吧，这种地方只存在于民间故事里。大地原本就坑坑洼洼的，能长什么草就长什么草。你期望长松树的地方其实长着毛榛灌木，你期望宽阔的河流也许早已干涸。

到了冬天，大地一片绿叶也没有。雪地上，狗吠甚至没有回声。在天空飞翔的云雀被冻得落在被积雪覆盖的冷杉林里。狐狸一边跑一边回头看，雪片咬着牙在追赶狐狸。这就是大地，你不满意又能怎么样？

所以，白云拖儿带女，从天空白白走过。不过，他们有可能在山谷安营扎寨，靠着山的肩膀休息。我说过他们不务实，所以最好不提他们了。

亲爱的北极星，我喜欢你。你是满天星斗中最让我感到亲切的星星。你的脸上好像浮现微笑。如果月色特别清朗，我会看到你身上挂着轻纱的翅膀，你好像要俯冲到乌力吉木伦河来饮水。对，我写信还想问你件事：你们在哪里饮水？天上也有河流吗？斑鸠说天上的河水流不出三里地就会崩解，化为雨水落到大地上。天空不结实。如果是小溪，天空还能承载；如果是大河，流着流着就化为暴雨降落，河底的沙子变成冰雹砸在大地上。

我不明白，明明是夏季，天上怎么能降落冰雹呢？难道天空的夏季同时也有冬天吗？我私下想，冰雹可能就是星星的碎片。你们吵架了，在天上搏斗，有一颗星星被打碎，身体化为冰雹。

　　我仔细研究过落在瓦片上的冰雹。冰雹落在我身上砸得我很痛。作为瓦片不能喊痛，我忍着痛，观察这些冰雹。他们有的像玉米粒那么大，有的像高粱米那么大。野鸽子说，这些冰雹原来比车轮还大，他们和空气摩擦，产生的热量消耗了自身的体积。

　　亲爱的北极星，冰雹也许不是你们星星的残片，这只是我的想象。事实上，从来没有哪颗星星对我讲过夜空的真相。我崇拜你是因为你既能在夜空中飞翔，又能长时间地停留在原地，你是怎样做到的？

　　你所在的地方是北方，比你更北的人站在大地上看你，能觉得你在南方吗？喜鹊说不能，你永远在北方。那么，北方是一个方向，还是一个地方？

　　亲爱的北极星，你知道，我是一片瓦，任务就是躺在房子顶上。躺着的工作内容是仰望天空。关于白天和白云，我不再讲了。我更喜欢黑夜。天空在夜晚显得更辽阔，显得更空灵。我不知道"空灵"这个词我用得对不对，你觉得呢？而且夜空澄明，只有在夜里，我们才能感受到宇宙由无数个星球构成，而我们寄身之处，也不过是一个小小的星球。

我是牧民诺日布房子上的瓦片。从我的角度看天空，所有的星星都非常小。那么，从别的星星上往这边看，看到的也是一个小小的星球吗？瓦片知道的事情太少，没有比一片瓦更渺小的东西了。

亲爱的北极星，你们那里吹过什么样的风？会呼呼响吗？或许你们星星身上挂满了铃铛，像苗族妇女的头饰。风吹过来，叮咚响。你们那里有春天吗？春天每次来到万度苏草原，我就想知道星星上有没有春天。你们的河水解冻了吗？山杏花开了吗？山杏花开完，花瓣是会落在地上，还是会被风吹到别的星星上？你们那里有猫吗？我想猫在北极星上行走一定很可笑。你的地面洁白光滑，像结冰的乌力吉木伦河。所以猫不敢行走，我喜欢看到猫在行走中劈叉摔倒，这种惩罚对他们是必要的，猫不知道吃掉了多少无辜的鸟雀。

亲爱的北极星，我相信在你们星星上布满了车辙，这是拉盐的牛车留下的印记。你知道，我们这里的盐很少，要走很远的路，去锡林郭勒的额吉诺尔才能拉到盐。而我觉得你们那里到处都是盐。你知道你在我眼里像什么吗？像一个盐做的星球。

如果你们那里到处都是盐，也不算好。我听灰椋鸟说——

他去过额吉诺尔长盐的地方——长盐的地方不长草也不长树，地是灰的，天空中没有飞鸟，因为盐湖里的水太咸，不能喝。他还说他站在额吉诺尔边的山上往下看，有盐的大地一片死寂。他飞到地面上想捉一只昆虫吃，但那里连昆虫都没有，想想都可怕。但愿你们那里不是这种样子。

亲爱的北极星，我觉得你是一位音乐家。每天夜里，差不多在快到凌晨的时候，我耳边都会传来歌声。我以为是耳鸣，你知道，瓦片长期躺在一个地方，身边是青苔和没有融化的积雪，湿气很重，出现耳鸣并不奇怪。但耳鸣没有旋律，这是病。歌声是有情感、有美感的声音。我听到了星星上传来的歌声。

星星歌唱的和声此起彼伏，像洁白的冰山在深蓝的海水里沉浮。星星的歌声环绕着身体，好像在模仿一株青草的生长。每当一曲合唱结束，天空就有流星划过。亲爱的星星们，你们用歌声彼此联络吗？如果夜空布满浓云，你们的歌声就传不过来，而天气越冷，你们的歌声就越清晰，好像无数透明的手在弹拨琴弦。在歌声最欢快的时候，你们也跳舞吗？你们一定会跳舞，星星离我太远了，我看不到你们的舞姿。

　　我所在的位置限制了观看的角度，但我觉得星星跳舞不稀奇。夜空那么辽阔，那么大的空间是给谁留的，为什么不跳舞？

　　亲爱的北极星，你也许想知道一片瓦在做什么。如实告诉你，我什么也没做，只在房顶躺着，防止雨水和雪花飘进牧民诺日布的屋子里。我的外套已经褪色了，当年像杏那么红，现在勉强算浅红色。我的声音也不如年轻时候清脆了，冰雹落在瓦片上，以前的声音像拨动琴弦，现在变得沉闷，类似一个老牧羊人咳嗽的声音。不用说，瓦片也会老。

　　诺日布门前那棵榆树也老了，枝干扭曲，像在空气中抓什么东西。昨天我看见碾子上一只蚂蚱竟然跳不起来了，他试了三次，腿仍然不听使唤。他的腿被飘落在碾子上的残破蜘蛛网缠住了，所以他只好试着摆脱蜘蛛网，但一直摆脱不了。老了真可悲呀，你说是不是？

爱你的瓦片

北极星给瓦片回信

　　亲爱的瓦片，虽然你只是一片瓦，但我觉得你很雄辩。你修辞的风格适合去集市演讲，也适合做民事律师。你滔滔不绝的演说会让对手忘记他们坚持的立场和观点，以后我见到瓦片，会向他们致以敬意。

　　我是一颗星星，你站在地球的位置遥望，觉得我很亮。我觉得我只是一粒沙子，在星群的潮汐中翻滚。星星们转身的瞬间，眼前又出现新的星星。你想知道我们身边是水还是空气吗？其实都不是。

　　举例来说，雨滴穿过天空，是无数水分子在大风的作用下聚成的一滴水。这滴水对水分子来说就是一片海洋。雨滴在空中飞翔，落在大地上，汇进河流，河流汇入大海。海里的水分子在太阳的照射下，重新化为水蒸气升入苍穹，变成云，变成雨，变成时间，你注意这个词——"时间"。星星在天空中，不过就像一个水蒸气的分子。很幸运，我得到了你的关注并且收到了你的来信。

亲爱的瓦片，我们来说一说大地吧。你觉得我们相距遥远，我看不到你。事实跟你想象的不一样。你听说过吗？老鹰在一万米高空上能看清地面上的兔子。我们星星的目光比老鹰更敏锐，只要我们愿意，就能看清大地上的一切。你也许会觉得我在吹牛，但星星不需要吹牛。

你是瓦片，你躺在牧民诺日布的房顶上。我看到房顶覆盖了一百多片瓦，他们排列整齐，有波浪式的边沿。这个房子在乌力吉木伦河的南岸。此刻安静的河水像一面镜子，我看到田鹬在河边的灰蒿草丛里睡觉；岸边长着大叶子的接骨木灌木；黄枫树的叶子在微风里摇摆，上面带着锯齿。

你相信我的眼力了吧？这就是我看到的万度苏草原近景。我能看到黄枫树叶子上的锯齿，这还不够吗？你看，万度苏草原上流淌的六条河流，都是银白色的河流。他们是乌力吉木伦河、羌木伦河、美丽苏河、查干木伦河、乃仁河，还有果尔果日河。这些河流像一条白龙的爪子抓住黑色的大地，爪子缝里长着山茱萸树、白桦树和蒙古椴树。博格达山的岩石在夜里闪着亮光。

河流附近有一个地方，那里可能是林场。有人在那里点燃三堆篝火，篝火照亮了几个人的面孔。他们把一袋子粉末撒在篝火上，冒出白色的浓烟，撒的是熏蚊子的六六六药粉。

再说你这间房子。诺日布家门口的马桩子拴着两匹马：一匹带灰花斑的白马，还有一匹黑马，蒙古话叫冈根哈日。黑马身后白铁皮水桶里的水闪着光。水桶旁的土墙上放着马鞍子。鞍子的银泡钉上沾着露水。我说得对吗？亲爱的瓦片，你肯定觉得我用望远镜看到了这一切。错了，星星不需要望远镜，我们就是望远镜。

下面说说你的房顶。从上数第三排瓦片的东侧长了一棵小榆树。第二排瓦片上有一颗儿童的牙齿，那是诺日布的孩子小乌日图脱落的门牙。他把牙扔上屋顶，祈求福祉。瓦片的间隙塞满风刮来的尘土，里面有麻雀脱落的羽毛。东山墙附近是羊圈，羊睡觉了。他们挤在一起，黑羊头上好像盖了一块黑手帕。羊的脚下是像黑枣一样发亮的羊粪蛋。

牧区的夜晚万籁俱寂，但在村南芒罕山的灰柳林里，狼群匆匆跑过。他们站在山脊上对着月亮嚎叫，但是你们听不到狼的叫声。芒罕山离村子有十几里远。在你们村，风追逐柳树映在河里的倒影，土拨鼠往落叶里埋藏松塔，雨水从房檐垂直滴落在大丽花的叶子上。

你想过没有，亲爱的瓦片，星星在做什么？啊，星星一直在天空一动不动，对着你微笑，是吗？其实星星很忙。你看到天上参差错落的星星了吗？他们是航标。那些透明的气流冲过来，星星要为气流展示航道。还有一些星星是信使。你猜得没错，他们是流星。夜空发生了重要的事情，流星往来传递信息。你问是哪些事？哦，有些星群要办音乐会，邀请其他星座的星星观看。他们不必来到星星合唱团面前，在原地聆听就好了。还有，大熊星座的熊有一只眼睛失明，捎信请懂医学的星星为他治疗。仙女座的星星准备结婚，请其他星星做伴娘。夜空发生的事情和你们那里差不多，但是我们这里没有瓦片，我们的房子从上到下都是水晶做的，不需要瓦片。

在星星上造屋的水晶和冰块差不多，但是有色彩。大多数星星喜欢用绿色和蓝色的水晶造房子。水晶房有一个好处，坐在屋里唱歌，回声悠扬，不用麦克风。即使是破锣嗓子，听上去也像迪里拜尔的声音。在你说"啊——"的时候，厨房、走廊、客厅、书房、吸烟室和茶室都发出"啊——"的回响，唱歌不费嗓子。唱十多个音，这些音在各个房间回响一下午，就像听了一场音乐会。

这里的动物都很文明。穿皮靴的狐狸手拿烟斗思考哲学。哲学是想一辈子也想不明白的理论，于是狐狸抽不出时间去坑蒙拐骗。梅花鹿的脖子上挂着一个筐，筐里装着蓝莓和蔓越橘果，大家可以随意品尝。在街上，公鸡和母鸡结队行走。蚂蚁走过来，大家要为他让路，不会发生把蚂蚁踩死的意外事故。星星上的每一种动物都说不同的外语，基本上谁也听不懂对方在说什么，所以不会出现谩骂和歧视性语言。如果你不会说外语，就说你自己也听不懂的语言，加一点手势就完成了社交任务。上面说的是夜晚，白天呢？你是不是早就想问这个问题了？

星星白天在哪里？其实这是一个秘密。但告诉瓦片没关系。天亮前，所有的星星都要把自己折叠起来。是的，我们有点像充气的山丘，把气放掉了，我们变得像谷粒那么小，藏在云彩里。太阳升起之后，天空中所有的星星都不见了。他们并没有融化，也没有逃逸，而是藏在云彩里。你在来信中说了好多云彩的坏话，我完全不同意。云彩是我们柔软的安全屋，也是我们的大篷车，为我们遮风挡雨。太阳落山了，我们从云彩里跳出来，迅速膨胀，变成了星星。我回到我原来的位置，变成地球人命名的北极星。

　　亲爱的瓦片，我第一次写这么长的信。我相信你有足够的时间来读这封信，欢迎你继续给我写信。

爱你的北极星

野鸽子给母鸡写信

亲爱的母鸡，你知道吗？牧民毛瑙海家的儿子海山举行婚礼了。

婚礼好有趣呀。天刚亮我就被马队的马蹄声吵醒了，当时我在蒙古栎树的树杈上整理翅膀。马队从沙波尔山的转弯处跑过来，一共有七八匹枣红马，马上骑着身穿节日款蒙古袍的小伙子。

我第一次看到这么漂亮的蒙古袍。海青缎子蒙古袍配橙色缎子腰带，绿缎子蒙古袍配红缎子腰带，白缎子蒙古袍配湖蓝缎子腰带。所有蒙古袍都有箭袖。这些穿蒙古袍的小伙子头上戴的帽子有红色、蓝色的飘带。

我在天上缓缓飞翔，看他们去谁家。马队在牧民毛瑙海家门口停下。穿蓝缎子蒙古袍的新郎就是毛瑙海的儿子海山，他和伙伴们到河对岸的洪格尔村把新娘娜布其花接到自己家。

新娘身穿白缎子蒙古袍，骑白马。新郎穿蓝缎子蒙古袍，骑黑马。他俩并辔而行，展示笑容，露出白牙。

如果你认为我写这封信是为了描述蒙古袍的颜色，那你就错了，好看的事情还在后面。接亲的马队刚进院子，娘家的皮卡汽车随后也到了。娘家人从车上搬下新娘的陪嫁，太让我羡慕了。有十匹成匹的缎子、五箱白酒，还有装在礼品盒里的黄油、奶豆腐、砖茶。还不算另一辆皮卡拉的羊，皮卡后面的十匹马也是陪嫁。娘家人把皮卡上的礼物拿下来，摆在地上的白色哈达上。

新娘的舅舅捧着一个盘子站立不动。我在天上盘旋两圈，才看清楚，盘子上放着成摞的人民币，十来摞。新娘家里很有钱。随后，新郎和新娘手拉着手从一堆火上跨过去。毛瑙海请村里一位说唱艺人为新郎和新娘念赞颂词。他们把礼物收起来，在院子里摆上了桌子，端出羊肉，开始大吃大喝。

村里的人都来了，还带来了礼物。新郎和新娘带着微笑向

每个人敬酒。一百多人在院子里喝酒唱歌。天黑之后，他们继续喝酒唱歌。他们把电灯从屋里拉出来，支在一根木棍上。后来的事情我就不知道了，因为我飞回野山楂林里睡觉去了。我觉得这件事很有趣，所以写信告诉你。

亲爱的母鸡，你最近还好吗？最近没听到你咕咕的叫声，说明你蛋下得少了。我赞成，我们野鸽子从来不会天天下蛋，下蛋多耗费体力啊。还有，你咕咕的叫声有点虚张声势，对吗？你无非就是告诉别人你下蛋了。我们野鸽子下蛋从来都是静悄悄的，不能让蛇、松鼠、獾子知道我们下蛋了。如果我们也咕咕叫，就是通知蛇、松鼠和獾子来吃我们的蛋。这很愚蠢，对不对？

你咕咕叫的时候，头抬得太高，下颌的红坠随着叫声颤抖，看得出来你非常激动。你每天都下蛋，还这么激动吗？你的脸红得像秋天的五角枫叶。

亲爱的母鸡，我并不嫉妒你。我觉得你安静一些会更好。但愿这些话不会让你生气。

爱你的野鸽子

137

母鸡给野鸽子回信

　　亲爱的野鸽子，我怎么会生你的气呢？你把我看得太小气了。鸟类里，咱俩的关系最好，是可以深交的朋友，这类朋友还有灰椋鸟和斑鸠。至于喜鹊，我只和他做一般性的寒暄，谈不上深交。喜鹊爱拨弄是非，把我说过的话添油加醋告诉其他鸟，让好多鸟对我产生误解。所以我不会对喜鹊说心里话。

　　大斑啄木鸟一个月飞来两三次，跟我说森林里的事。实话讲，我搞不清森林里究竟发生了什么——要么是狐狸咬死了一只松鼠，要么是黄羊掉进了猎人的陷阱。全都是恐怖信息。我告诉大斑啄木鸟，多说点好消息，那些消息让我下不出蛋来。我觉得蛋里的雏鸡受到了惊吓，不敢破壳走进这个世界。

亲爱的野鸽子，我觉得在鸟类里，你最优秀。你既不像麻雀那样凡庸，又不像兀鹰那样凶残。你是善良的鸟，嘴里咕噜咕噜发出低语，好像肚子里有一个烧开了的水壶。你和同伴并排站在房脊上，成为这座房子最好看的风景。你的红爪子像菠菜根一样鲜艳。这还不够吗？你已经具备了鸟类所有的美丽和德行。

你信中说到了婚礼，我觉得我看过的婚礼可能比你多。主人南木吉拉的女儿梅花出嫁时，南木吉拉的妻子斯琪格一宿没睡觉，为女儿缝蒙古袍。这件蒙古袍早缝好了，斯琪格还要缝。她给女儿梅花梳头，为她绞脸。她抓住女儿的手，眼泪洒在女儿手上。

第二天凌晨，像你说的，新郎家接亲的马队来了。斯琪格抱着梅花哭，我不知道她们在哭什么。如果接亲的人是坏人，就把他们打出去。看到斯琪格悲伤的样子，我也很难过。我强压着怒火，没和接亲的人发生搏斗。如果我用爪子和翅膀跟接亲的人干仗，我知道南木吉拉会生气，会拿起笤帚追打我。接亲的人跟他有亲戚关系。

那一天，接亲的人把梅花接走后，斯琪格躺在炕上哭了很久。我对婚礼不像你那么有兴趣。你注重婚礼的形式，我关心人的内心世界。咱俩考虑问题的角度不一样。

亲爱的野鸽子，我下蛋时，身体会涌起海潮一般巨大的能量。蛋下出来，我要尽情呼喊才能重获安宁。我下的蛋并不是西红柿炒鸡蛋的原材料，我在孕育生命。鸡蛋是何等好看！他那么圆润，那么光滑，圆润光滑的鸡蛋经过孵化就是一只黄澄澄的小鸡。这样的成就难道不应该唤起人们的重视吗？我让人们感知生命的美丽。这是一只母鸡的责任。

你说我鸣唱的时候，下颌的红坠在颤抖。你看得不够仔细，我冠子上的红坠也在颤抖。这是母鸡之美的一部分。每一只母鸡都有无与伦比的美。我们颈部的羽毛像细细的花瓣，我们的翅膀像珊瑚树的枝叶。我们的爪子虽然没你的爪子红润小巧，但比你的爪子有力量。诋毁一只母鸡的美，相当于诋毁太阳的光芒，说明世间美妙的事物在其眼前黯淡无光。

亲爱的野鸽子，我欢迎你经常来信，把你看到的新鲜事物告诉我。我请你到房后吃沙子。沙子的口感无与伦比，相当于人类吃的冰糖，但沙子比冰糖清脆。

爱你的母鸡

光线给桌子写信

　　亲爱的桌子，我是光线，哈哈，没想到我会给你写信吧。我每天都在你的桌面上走一走，迈着光的大步，穿着光的皮靴，欣赏你身上的花纹。

　　喜鹊说你成为桌子之前是一棵榆树。我猜你是果尔果日河边的榆树。外皮纵裂的沟被雨水浇过，长出绿色的苔藓。榆树身体向河水倾斜，好像有一件东西掉进河里，他拿枝杈去捞。我看见一只浑身是脚的栗色蜈蚣从榆树身上爬过，你觉得榆树会痒吗？

　　亲爱的桌子，你喜欢喜鹊吗？他爱站在榆树上扇动翅膀，展示白色的肚子。他叫一声，尾巴向上翘三次；转过身再叫一声，尾巴再翘三次。你知道喜鹊隐藏的才艺是什么吗？他喜欢偷东西。牧民却吉尼玛种的七八个西瓜被喜鹊啄得翻开红瓤，黑瓜子被他吃进肚子。

桌子你好，我没问你愿不愿意听喜鹊的事，就冒昧说这些，这是由河边老榆树引起的。我是光线，我看过许多东西，也抚摸过许多东西。说起来你可能不信，我抚摸过屋檐下的小燕子，摸过他们的眼睛和黄色的嘴。凶狠的牧羊犬睡觉时，我摸过他的牙。结果怎么样？牧羊犬并没把我怎么样。再凶狠的狗也咬不了光线，就算他咬一口，也咬不掉我一根汗毛。

你一定想问，光线是什么线？是铁的、金的、银的、木头的线吗？哈哈，都不是。光线并不是实体。我们是眼睛无法识别的颗粒，拥有世界上最快的速度。干脆说，我们就是速度。你可能认为速度最快的是牧民吉日格朗的雪青马。我要告诉你，太阳在博格达山上升起，不到一秒钟，光线就到达果尔果日河对岸的白桦林。要知道，这两个地方相距三十几公里，我们只用了不到一秒钟。雪青马完全做不到。这样的例子还有很多，我就不一一列举了。

亲爱的桌子，你一直用四只脚站在牧民大仁钦的炕上，所以你理解不了速度。你可能要问，光能吃吗？是不是像蜂蜜一样甜？我劝你别用吃来衡量一切事物的价值。空气不能吃，但没有空气，人和动物就活不下去。如果没有光，就没人知道你是一个方桌子，有美丽的花纹，这些花纹有点像贝壳里的图案。因为有光，大仁钦才知道他的妻子瑰丽丝花是一个漂亮的女人。瑰丽丝花的头发像密密的乌云堆积在头顶。她的脖子又白又细，面孔粉红。稍微一激动，她的脸色就会变红，眼睛里浮起泪花。瑰丽丝花虽然是单眼皮，但不妨碍她的美丽。早上，她的瞳孔呈浅黄色，到了中午变成灰绿色。为什么会这样？是因为光。瑰丽丝花是巴彦淖尔杭锦后旗的人，那里有很多人长这样的眼睛。没有光，小狗进屋偷吃羊骨头，你也不会发现。没有光，大仁钦找不到他藏在箱子底下的酒瓶子，同样找不到偷偷放在炕席底下、顶棚上面和外屋粮食里的钱。他要拿钱偷着买酒喝。

对不起，我把话题扯远了。下面说说我为什么会羡慕你。你身上摆着最美丽的食物。那些像羊脂一样切成小方条的奶豆腐，像蜂蜡一样放在木碗里的黄油，同样放在木碗里的炒米和奶茶，都在桌子上飘散香味。人们在桌子前喝奶茶，抽旱烟，商量各种各样的事情。他们谈论隐秘的家庭隐私也不回避你。

作为一个桌子，摆满羊肉的时刻最让你自豪。

大仁钦手拿小刀子，刀刃朝里，把羊肉削成小片送进嘴里。他长时间研究一块带肉的羊骨头，吃光所有的肉，把干净的骨头放在桌子上，微笑欣赏。酒瓶子和酒盅也要摆上桌。酒从瓶子里流进酒盅，再流进肚子，把这个人变成另一个人——温顺的人变成暴躁的人，懦弱的人变成勇敢的人。人们在酒精的指引下转换各种各样的性格，这一切都在桌子前发生。你享尽了荣华富贵，期待你的回信。

爱你的光线

桌子给光线回信

亲爱的光线，收到了你的来信，我仿佛看见你在桌子上爬。早上五点多钟，太阳从东边的伊和塔拉草甸上升起，你趴在房子的墙壁上等待进屋。你们不会拐弯，要等到太阳转过身才穿过玻璃来到桌子上。窗户有一块玻璃碎了，蒙着塑料布，把一些光线挡在外边。从我的角度看，塑料布被晨光照得鲜红，像一块橘子皮。

亲爱的光线，大仁钦好多年没擦玻璃了，你们穿过这样的玻璃还方便吗？玻璃上的污垢会不会绊住你们的腿？你们来自太阳，那是一个多么遥远的火球，而你们是他身上的毫毛，每天以极快的速度生长，长进了牧民大仁钦的家里。

　　我觉得你们是一群警察，从玻璃窗挤进来检查炕上的每一样东西。大仁钦被烟熏黄的炕席已经铺了很多年，你们每天都检查炕席的篾片。你们想要找到什么呢？我告诉你们，大仁钦是个穷人，他家里什么也没有。你们已经看到了，他炕上放着一个带有黄色向日葵图案的布枕头，枕头永远放在炕东，不换位置。那床被子已经补了好多次，里面黑色的棉花板结，像绳子一样。地上的东西你们也检查过了，一把铁锹、一双带黄条纹的黑色雨靴，纸壳箱里放着马铃薯，马铃薯上面放着装花生的袋子。正对炕的位置摆着一对红漆木箱，木箱顶上挂着大镜子。

　　亲爱的光线，我知道你们不喜欢镜子。他把你们推出去，推到墙上。镜子边上挂着一个镜框，里面镶了七八张合影照片。合影的人都没有笑容，惊讶地看着这个世界。箱子锁着，你们进不去。即使不锁，你们也进不去，因为光线只能穿透透明的东西。你们想窥探箱子里装了什么东西，我不会告诉你们。这是大仁钦的秘密。

　　但我也许会透露一点，箱子里放着一件蓝色的绸蒙古袍，带橙色绲边，腰带也是橙色的丝绸；一双羊毛里子的军用大头鞋，大仁钦一直没舍得穿；还有一件紫色的毛衣，被虫子咬出好多洞。这些东西无关紧要，重要的是那个黑色人造革兜子，里面放着绿软布包袱。打开绿软布包袱，露出灰蓝两色的羊毛围巾。拿出围巾能见到一个防雨绸兜子，里面装着草场证，证明有一片草场属于大仁钦，还有林权证，证明果尔果日河左岸的杨树林是他的。包袱里还有一个包红绸子的铝制纪念章，这是大仁钦在那达慕大会获得摔跤冠军得到的奖章。这些东西除了大仁钦和瑰丽丝花，其他人没见过。我今天透露给你，是因为你对世界上的秘密特别有兴趣，而我也轻松了一点。当我知道太多的秘密时，我感觉身体沉重，眼睛睁不开。

亲爱的光线，你们会睡觉吗？白天，你们像金箭一样飞来飞去，飞到蒙古包的顶上，飞到牛犊的身上，连洋铁桶存的雨水里都进入好多光线。你们甚至趴在牛粪上。是不是光线到了一个物体上，直到天黑前都不能离开？牛粪上除了光线还有许多苍蝇，光线并没有因为苍蝇而离开牛粪，对吗？

我是桌子，我喜欢主人大仁钦咳咳地咳嗽，好像要说出让人惊奇的话语。我还喜欢主人脸上的皱纹，像老树的年轮一样。大仁钦坐在桌子边上喝酒，他那张脸好像一张地图。从天空俯瞰大地看到的估计就是他脸的样子——皱纹代表河流和道路，但没人知道顺着他脸上的皱纹会走向哪里。苍蝇试着顺着这些皱纹往前走，但是被大仁钦赶跑了。蚊子也没有成功。

你知道大仁钦用什么东西来装饰这间贫困的房子吗？歌声。他唱起歌来，房子变得亮堂堂，好像有金色的蜜蜂飞舞，屋里每个角落都有泉水的回声。大仁钦最喜欢歌唱自己的母亲，可惜他母亲没有听到。唱歌的时候，大仁钦的两只眼睛像亮起两根蜡烛，火苗战栗又抖动。他唱母亲，唱山峰，唱天上的飞鹰，唱羊羔。唱完这些歌后，屋子变得非常整洁，不用再打扫，大仁钦的气色也变得很好。

他躺下来，躺在带有黄色向日葵图案的枕头上，盖上破旧的被子，被子上再盖一件平时穿的灰外套，开始另一场歌唱。你懂我说的意思，他开始打呼噜。打呼噜是令我羡慕的才艺。我一直想学打呼噜，却没有学会。有一次差不多要学会了，放在我身上的茶碗、茶壶，还有酱油碟子抖动起来。我吓得停止了打呼噜。小黑猫呼噜打得最好，他躺在桌子下面，算是我最亲密的朋友。

小黑猫每次从外面进来，我就知道他吃了哪些东西。他嘴巴呼出血腥的气息，喷在我身上，让我知道他吃了老鼠、麻雀或松鼠。有人说猫打呼噜是念佛，祈求佛祖赦免他们杀生的罪孽，我不太相信。大仁钦说佛祖在西天的须弥山上，离这儿三万六千里。猫的呼噜声被桌子挡住了，又被墙挡住了，佛祖怎么能听得见？

亲爱的光线，你下回给我写信，请告诉我果尔果日河的情形，我想念这条河。他的左岸长着芦苇、驴蹄草和核桃楸树，还有槭树。右岸长着甜杨树、山杨树和鸢尾草。是不是有很多小鸟在那里做窝，还会有骨顶鸡和灰椋鸟在树上对唱？我相信你一定可以看到草丛里有很多鸟蛋。我还想知道博格达山山坝上的藜芦开花了没有。河边上有松鸦吗？

我想让大仁钦背着我去看看这条河和这些树。但我每天有很多事要做，背上放着奶豆腐、炒米、红茶的茶缸，还有烟灰缸。我哪儿也不能去。

另外，你写信简洁一些，直接说果尔果日河的左岸有椴树、白桦、榆树，右岸有胡枝子、蒙古栎树、黄花忍冬就可以，不要啰唆。这是我的建议，你如果不按我说的去做也没关系。

爱你的桌子

灯绳给摇篮写信

　　亲爱的摇篮，我看你已经很久了。你吊在屋顶，身后是糊墙的报纸。报纸发黄，上面的新闻早过时了。你虽说是摇篮，但篮子里没有婴儿，放着破布和主人白音仓认为重要的东西：一只玉镯子、一个玉石质的烟袋、一个绣花的烟荷包，还有一块带麝毛的麝香和一块鹿茸。你感到惊讶吧？我一直盯着你看。

　　既然你叫摇篮，我以为你很快就会摇动。但你没动，你过时了，没被扔掉是你的幸运。我听主人白音仓说，他爷爷的爷爷在你这个摇篮里长大，而他的爷爷和他自己也在你这里长大。他们都长大了，你没什么可摇的东西，被吊在屋顶上。我很想看到你摇摆的样子。婴儿在你的篮子里是哭还是笑？我听说主人为了让摇篮里的婴儿入睡，一边晃动摇篮，一边唱催眠曲。那么你从主人爷爷的爷爷那时候就听摇篮曲，所以你比任何人都困。

婴儿长大成人，娶妻生子，在草原上放羊，你依然沉浸在摇篮曲的旋律里。可是，木头会睡觉吗？你是什么木头做的？是柳木还是松木？我觉得应该把你挂在屋檐下，让燕子飞进你的摇篮里下蛋，然后孵出小燕子。你觉得我这个主意好吗？

亲爱的摇篮，我很想爬到摇篮里看一看，更想躺进去让别人摇一摇，享受摇篮里的滋味。但我是灯绳，被系在墙壁的电灯开关上，哪儿也不能去。

你看到了吧？灯绳下半部分，人们用手拽的地方变得漆黑。人们不洗手就拽灯绳，养成了习惯，我没办法阻止他们。我被系在开关上。这个开关太古板，用绳拽一下，灯亮，再拽一下，灯灭，从来没有改变过。我觉得拽一下，灯完全可以不亮，拽十下也可以不亮，为什么每次都要亮？同样的道理，为什么每次再拽一下，灯都熄灭呢？开关是铜的。我对你说，凡是铜的东西都听不进别人的意见。咔嗒咔嗒开灯关灯是一件没意思的事。我还想过，白音仓某一次拽灯绳，咣当，灯爆炸了，发出灿烂的火花，那多好啊！或者他某一次拽灯绳，灯里爬出来一条带电的小绿蛇。他再拽一次灯绳，屋外的狗开始狂叫，又拽一下灯绳，他们才安静。

总之，我所喜欢的诗意生活在牧民白音仓家里并不存在。我能做的事只是咔嗒咔嗒，灯开灯灭，如此而已。这件事任何东西都能完成，用不上智商。我希望主人的鞋带来顶替我几天，我去外面的草场转一转，看天空是什么样子的，河水是什么样子的。如果把我放在马背上就更好了。我骑着白音仓的海骝马奔跑，何等愉快！但一根灯绳，恐怕一辈子也没这种机会。直到有一天，他们过于用力，把灯绳拽断了。他们把我扔到垃圾堆，换上一根新的灯绳。听到这里，你不难过吗，摇篮？

亲爱的摇篮，你有梦想吗？你是不是盼望有一个婴儿走进你的篮子里，你抱着他，在摇篮曲的旋律里晃来晃去。你闻到了婴儿的奶香味，观察他好看的皮肤、头发和眼睫毛。婴儿的手脚和指甲都好看。如果有那一天，他们会把你扛到河边，用河水洗刷你，露出你的花纹。在太阳底下晾干后，他们会重新将你放在炕头。可是那个婴儿在哪里呢？

爱你的灯绳

摇篮给灯绳回信

亲爱的灯绳，你是那根在炕头飘来飘去的绳子吧？如果是你，我不打算给你回信。我尊敬绳子。牧民出夏牧场，蒙古包的哈那是用牛皮绳绑牢的。牧民出远门，把家里的东西装进牛车，用麻绳绑紧。阳光下的麻绳透出白金的色泽，像身强力壮的摔跤手。

你呢？你是一个"二流子"，在风中晃来晃去。你原本跟电没关系，你既不是通电的铜线，也没制造电，甚至连开关都不算，只是拉动开关的一段破绳子。但是出于礼貌，我还是要给你回信，这是绅士应有的素质。

亲爱的灯绳，有一点你说对了。在白音仓爷爷的爷爷还是婴儿的时候，我就是摇篮。我既不是柳木做的，也不是松木做的，你提出这样的问题证明你一如既往地无知。

松木能盖房子，也能做马头琴，但做不了摇篮，他的木质不结实。榆木虽然结实，但比他更结实的木材是山丁子树。山丁子树是我的前身。用坚固的木材做摇篮对木匠来说是苦差事，但木匠不就是干这些事情的吗？他们用凿子在山丁子树上凿出一个装婴儿的木凹。你知道做摇篮的山丁子树有多粗吗？人抱不过来。这样的树三百年才长成，而我当摇篮也有三百年了，合起来就是六百年。

估计你弄不懂什么是六百年，你连六年都理解不了。六年就是两千一百九十天。你像蛇一样晃来晃去，但理解不了到底是多少天。

我接着往下说。蒙古族人认为用世上最坚固的山丁子树做摇篮可以让婴儿长命百岁，你听一听蒙古族人给婴儿取的名字：那顺巴雅尔、那顺双合尔、那顺乌力吉，都是长寿的意思，合乎山丁子树的秉性。

　　白音仓爷爷的爷爷叫图门吉日嘎拉，是万福的意思。白音仓的爷爷叫宝印楚古拉，是积福的意思。他爷爷去世之后被装在牛车上水葬，身上盖着两张羊皮，脸像苍白的核桃，表情像在睡觉。他的儿女把他的手放在肚子上。他的手像被火烧过的树根，非常苍老。这个人当年是一个婴儿，躺在摇篮里，脸和脖子像牛奶一样白。他拍着小手呼喊，两只小脚扣在一起，做鼓掌的样子。他的舌头粉红，眼睛又黑又亮。无法想象这样一个孩子变成苍白的核桃死掉了，被拉到乌力吉木伦河里水葬。作为摇篮，不忍心看到当年的婴儿变成老人离去。但这就是生活，你能拿生活怎么样？对待生活，我们只能忍受。

　　我们的生活之上有一个主宰，那是长生天。我们虽然看不见长生天，但草原上的四季轮回都在受长生天意志的支配。在我摇篮里长大的人不光有图门吉日嘎拉和宝印楚古拉，还有女婴胡达古拉、纳仁花、葛根花，她们都是白音仓的长辈，但谁是他的祖奶奶，谁是他的姑奶奶，我分不清楚。

　　世上见过婴儿最多的，第一是接生婆，牧区管她叫大地巫婆，第二就是我们摇篮。牧区的婴儿有两个怀抱，第一是母亲，第二是摇篮。你说到婴儿的奶香。对，婴儿有独特的香气，带一点甜，带一点香，还有一点点臭，这些气味合起来就是婴儿的味道。闻到这样的味道，你身上恨不能长出无数个乳房去给他哺乳，然后你聆听婴儿发出咂奶的声音。

亲爱的灯绳，我已经老了。我好像不是现在老的，一百多年前我就老了。我的身体裂开了口子，蚂蚁在这些裂缝里爬来爬去，想找到什么东西，但什么也没找到。我像所有的老人一样，在睡梦中打发时光。但我耳边清晰传来摇篮曲的旋律。这些旋律来自远方，不是大地的远方，而是时间的远方。歌词唱道：

会潜水的长尾鸭啊，灰爪子红嘴。

林荫深处的鹿药草啊，浆果美味。

还有一些摇篮曲，我想不起来了。我太老了，记不住这些歌的歌词。在白音仓爷爷的爷爷还是婴儿的时候，他家没粮食吃，只能吃水边生长的叶子呈手掌形的款冬。他们说这是鄂伦春黄瓜。后来，白音仓的爷爷用三十米高、两抱粗的胡杨树凿了一条船，鄂伦春语叫哈尼亚莫尼。男主人乘着这条船到河里抓鱼，煮汤给婴儿的母亲喝，为婴儿带来奶水。这是很久很久以前的事了。

衰老不是一件好事，我看到在摇篮里伸手蹬脚的婴儿长大，学会走路，成了魁梧的摔跤手，又看他渐渐衰老，死去。而他们的孩子也由婴儿变成男子汉，衰老死去。这么多年过去，我还被吊在屋顶上。

我想让白音仓把我放下来，扔进乌力吉木伦河里漂走，随便漂到什么地方，就像当年给他的爷爷水葬那样。他也可以抱来一堆干净有油脂的白桦树的树枝，把我放到上面点燃，化为灰烬，撒在大地上。那该多好啊！亲爱的灯绳，我对你说的就是这些。

爱你的摇篮

松鼠给萤火虫写信

亲爱的萤火虫，我是松鼠，是我在给你写信，而不是别人。你可能会想，松鼠是谁呀？那个蹦蹦跳跳，长着迷雾一般大尾巴的精灵就是松鼠，也就是我。我们上树像箭一样飞快。在我们眼里，红松和落叶松只是一条跑道，我们毫不费力地跑到树梢，然后倒着爬下来。我们喜欢站着，用手捧着松子吃。秋天，我们四处埋松果。感谢老天爷给我们健忘的头脑，在冬天，我们东挖挖，西挖挖，挖到自己埋的松果，感激涕零，认为那是上天埋的礼物。

亲爱的萤火虫，我给你写信并不是为了说松鼠的优点，而是想跟你说一说新闻。"新闻"这个词是我昨天学到的，是指新近发生、让人惊讶的突发事件。水獭说传播新闻可以拓展大脑的沟

回，让你像一个绅士，使别人靠拢你，依赖你，期待你投喂最新的新闻资讯。

第一条新闻，我看见一个猎人在红豆杉上砍了三道印，表明附近长着三棵人参苗。这是个大新闻，如果这里生长人参，意味着地下居住了许多神灵。他们在地面上行走，装扮成小媳妇，装扮成护林人，有时他们还装扮成黑熊。你会问这些神灵到底是谁，这是新闻的核心——他们是人参。人参并不仅仅是一棵草的根须，他们就是神灵。如果真有人参的话，这里还会有老虎巡行。

在你的记忆中，老虎多长时间没来了？是不是有三年？对不起，亲爱的萤火虫，你的成虫的寿命只有一个月左右，我不该问到三年。我在自问自答。老虎至少有三年没来这里巡行了，这里成了野猪和黑熊的天下。如果老虎到这里走一走，看一看，山里的秩序就能马上恢复正常，野猪和黑熊都会被吓跑，我们将过上太平日子。

还有一种说法，说长人参的地方会飞来一只美丽的鸟，长长的尾巴拖到地上，头部有冠缨。他的羽毛从上到下全都是橙红色的。流苏鹬说这是人参灵鸟，好像就是这个名字。这是关于人参的新闻，我已经报告完了。

第二条新闻跟人有关。我昨天下山，跑了大约三公里，去见我的表哥，他被狗獾咬了一口，奄奄一息。我安慰他，眼看着他死去并埋葬了他。这时候我看到一个奇迹，你听过"奇迹"这个词吗？就是发生了从来没有发生过的事情。山下的公路堆满了青灰色的砾石，上面铺着两根铁轨。你想知道这两根铁轨是什么吗？你马上就知道了。我当时正为表哥的逝世而流泪，用爪子抓土放在表哥身上，耳边传来震耳欲聋的呼啸，呼啸声长达一分多钟。哇哦，一长列绿色带玻璃窗的钢铁房子从铁轨上飞驶过来，停下，里面走出了人类。他们面带笑容，手里拎着箱子，身上穿着各式衣服。知道了吧，人类换房子了。他们原来住村里的土房，房子四周垒着土色的院墙，房后栽几棵树，现在竟然住进了钢铁的房子。房子会吼叫，会奔跑。我不知道钢铁房子里面什么样，也不知道这些房子为什么往前走，我回答不了这些问题。我只是告诉你，钢铁房子有间距相等的窗户，每个窗户里都露出一张人脸。他们的嘴不停地动，说话或吃东西。从他们的姿态来看，他们是坐着的。

我和你一样，想问他们要去哪里，但没人回答我。我数了数，钢铁房子里大约走下来七八个人。停了一分钟左右，钢铁房子又开走了。让房子奔跑的人是谁？他要把这些人带到哪里？这些人坐在里面，他们的家人知道吗？毫无疑问，他们并不情愿，但被吼叫的房子带走了。我觉得这是一个沉重的消息，但没人做出解释。

亲爱的萤火虫，你听懂我说的话了吗？我向你讲述了新闻，附带分析。你对这些资讯有兴趣吗？我之所以给你写信，一来因为你可爱，你们一团一团像灯笼一样在夜空飞舞，虽然照亮不了大地，但创造了风景。二来你们太小了，我一直在考虑你们有没有脑子。我的意思是说，一种生物体积太小的话，就没有空间安排脑子了。他们追随气味、声音、光线，跟着大群的同类活动，不需要脑子。在所有的动物里，你们是唯一会发光的。上帝不会让狼在夜晚发光，也不会让兔子在夜晚发光，如果他们发光，就会被猎人打死或被天敌咬死。你们与万物无害，你们是由几百只萤火虫组成的灯笼，在风中飘移不定，尤其喜欢在江河上面飘移。

我想过，如果我有一辆马车，我就让萤火虫站在马车的四角替我照明。如果我像蝙蝠那样飞，我就让萤火虫站在我的翅膀边缘，勾勒我的轮廓。森林里的动物们看到我，说，松鼠本来就够漂亮，现在有了镶嵌着钻石的翅膀，更漂亮了。他们以为我镶嵌的是钻石。我让萤火虫趴在我蓬松的大尾巴上，使萤火虫的体量看上去增加了一倍，在夜空里呼呼飞行。

这个幻想让我很着迷，你们萤火虫可以引发我们幻想。可是，你们一直发光不累吗？发光会消耗能量，对不对？

如果你读我的信读到这里还没有移开目光，你会读到下面的话：亲爱的萤火虫，节日里，你们可不可以把白光改为蓝光，到另一个节日再改成红光，这样大家会更喜欢你们。我觉得你们多吃蓝莓就能放蓝光，多吃红色的醋栗就能放红光。我说的话不一定对，先写到这里，期待你的回信。

崇拜你的松鼠

萤火虫给松鼠回信

亲爱的松鼠，如果你不说，我还以为你是一只双头动物。你无论是坐着还是跑动，尾巴都高高地扬起来，真像有两个头。我知道你的尾巴只是尾巴的时候，才感觉你在骗我。这条尾巴一定是蓬松的，你睡觉时用尾巴盖住你的黑鼻子，用耳朵听四周的动静。

为此，我请四只萤火虫做了一个投票，看他们喜不喜欢你。有三只萤火虫投了喜欢票，一只萤火虫说不喜欢你脊背上的条纹，那会让他想起蛇，不过你别在意，这只萤火虫只是想显示自己思路独特而已。

你说你能飞快地爬上松树的树顶，那你一定有尖利的爪子。

红松的树皮斑驳开裂，你还能如履平地，而且你说你能倒着从树顶爬到树下，赢得了我的双倍敬意。我一直想学倒飞，有的萤火虫说这没必要。即使倒飞，别人看了也以为你在正飞。我想想也是，便放弃了这种尝试。

我们萤火虫——怎么说呢，你们只是在夜晚才想起我们，看到我们发光，才觉得我们神奇。我们真算得上神奇，除了星星、月亮，在夜里发光的只有我们。狼在夜里眼睛闪烁绿光是另一回事，村庄里电灯闪烁更是另一回事。

有些动物夜里凑巧从我们身边路过，会把我们和星星混淆起来，以为是天上的星星在乱飞。这说明我们和星星没什么区别，只是远近不同而已。稍微纠正一下，我们发的并不是白光，你一定是记错了，我们发的是黄绿色的微光。你如果白天看到我们，会发现我们有比蟋蟀、蚂蚱颜色更深的脊背，有棕色的头和粉色的前胸。你能想象这三种颜色搭配在一起的美感吗？这就是时装。

所以我们在夜间发光并非偶然，我们是天兵天将。呵呵，萤火虫为什么发光呢，是把太阳或月亮的光储存起来再放射出去吗？不是。这里面有复杂的化学原理，我说不清楚，你也听不明白。

下面说一说我们的爱好，在幼虫时期，我们最喜欢吃蜗牛。古希腊人管我们叫"屁股上挂灯笼的小虫"，他们最早发现我们是蜗牛的天敌。我们不是路灯，我们要做的事情并不仅仅是发光，吃蜗牛是我们的最爱。我们用针把麻醉剂注射到蜗牛肉里，蜗牛肉化为乳糜，吸进嘴里口感相当好，但愿我们天天都能吃到蜗牛。很抱歉，你可能觉得我们有些残忍，但天道如此，我们要活下去并继续发光。

亲爱的松鼠，我有几个问题想问你。你数过一棵松树上有多少根松针吗？我有强迫症，如果树枝上长满树叶，我就一定要数清楚是多少片树叶。看到松针，我的头晕眩起来，松针指向四面八方，要数清楚似乎不可能。你每天在松树上跑上跑下，能数清楚松针的数目吗？松树为什么要长出像针一样的叶子？这些针既然不能缝衣服，长在树上有什么用呢？我觉得是为了方便蜘蛛结网。还有一种可能，雪落在松针上，可以从缝隙落下来，这样松树的承载不至于太沉重。

亲爱的松鼠，你说过你吃松子。除了松子，你还吃什么？你吃松香吗？我看见松香如琥珀，如黄色的宝石，气味比松子更香。你可以把松香卖给老虎，得到钱后到世界各地旅游。你把松香放在阳光直射的地方，用落叶点燃，松香融化，散发更多香气，让森林像天堂一样。

　　亲爱的松鼠，我们关于你的话题只有这么多，天色已晚，我们的腹部又亮起荧光，要到天空中显示我们的光亮。如果你见到我们就挥挥手吧。

你的朋友萤火虫

蓝窗帘给图里古尔的金牙写信

亲爱的金牙，我没写过信，这次给你写信只是想问你几件事。你是主人图里古尔的金牙，如果不算电灯，你就是屋里最亮的东西。你在图里古尔的嘴里时隐时现，像阳光下垃圾堆里的玻璃碴。

我很羡慕你，我一直在思考几个问题。你是怎样跑到图里古尔的嘴里的？你原来认识他吗？我猜想，你藏在炒米碗里，图里古尔吃炒米的时候，你粘到了他的牙上。图里古尔喝奶茶时，你感觉烫吗？他爱喝冒热气的奶茶，这对你不好吧？图里古尔经常喝酒，他每喝一口酒，酒就进嘴里浸泡你一下，你觉得辣吗？

图里古尔家的大公鸡说金牙很值钱，我有点不相信。图里古尔那么穷，他赌博输掉了一头牛，如果你值钱，他把金牙拔下来送给对方不就得了吗？可见你并不像大公鸡说的那么值钱。还有，图里古尔并没遇到值得笑的事，却经常咧嘴笑，是为了炫耀你吧？有一次我看见他站在门口笑，春天的沙尘暴刮过来，但他还在笑。我估计他嘴里进了不少沙子，你嚼着沙子嘎吱嘎吱响。

在万度苏草原，只有图里古尔一个人镶金牙，是金子太少，还是别人不愿意镶金牙？大公鸡说金牙永远闪亮光，但我在夜里并没看见你闪光，是不是图里古尔忘记给你充电了？

大公鸡特别崇拜你，他说，如果他有一颗金牙，就算不吃米也是值得的。但是我想，大公鸡的喙那么长，怎么镶金牙呀？他并没有图里古尔那么宽阔的口腔。

亲爱的金牙，你在图里古尔嘴里待了几年？我看他从来不刷牙，是你不让他刷，还是他怕把你刷薄了，所以不舍得刷？图里古尔吃羊肉，你觉得肉味膻吗？其实我也很崇拜你，否则提不出这么多问题。

　　这些问题我问过窗玻璃，也问过爬上窗台的蚂蚁和房檐上的麻雀。他们说这些问题太深奥，不知道怎么回答。蚂蚁甚至不知道金牙是什么。所以我给你写一封信。

　　最后一个问题，如果图里古尔死了，你去哪里？你去和他一起火化呢，还是再找一个人，当他的金牙呢？

尊敬你的蓝窗帘

图里古尔的金牙给蓝窗帘回信

　　亲爱的蓝窗帘，我愉快地收到了你的来信。你挂在图里古尔家里南窗的边上，夜晚窗帘展开，遮住窗，像一幅壁画。你比图里古尔家所有的被面都好看。你身上有一棵高高的灰树歪斜长出，上面结鸡蛋，图里古尔说这是椰子树。猴子上树摘鸡蛋，传送下来。树下有一条盘成轮胎样的大绿蛇。远处的天空中挂着一个鸡蛋黄，他们说那是月亮。其实月亮是鸡蛋黄的另一种叫法。啊，你是漂亮的窗帘。图里古尔家的人把你当成美丽的海滩，坐在炕上喝酒、聊天、嗑瓜子。天亮后，他们悄悄地把你拉到窗户边上，你蜷缩起来睡觉，进入梦乡。

　　亲爱的蓝窗帘，你觉得我这封信的行文格调怎么样？很高雅吧？我生来高雅。有句话叫言为心声，改为言为牙声更贴切。下面请允许我回答你的提问。

我是金子，我闪光并不是因为在牙里面装了灯泡，所以不需要充电。金子是从地下岩石提炼出来的贵金属，你懂吗？金子比珍珠、玛瑙、红糖和方便面都贵重。

请你不要把金子和墙壁的镜子混为一谈。镜子是长方形的反光玻璃，玻璃后面涂着一层银。那层银偷偷摸摸照出人影，这完全不值得称颂。我们金子发自内心放射光芒。如果你站在图里古尔面前，请他张开嘴，你能看到金子的光芒比电灯还明亮，毫无杂质，但不会反射人影，这就是金子和镜子的区别。然后呢，我们不会被奶茶烫软，烫化。我们也不怕图里古尔喝下的白酒、啤酒和汽水。金子最耐腐蚀，图里古尔喝下硫酸和老鼠药会死去，但我们照样活着，这是金子的可贵之处，也是金牙的可贵之处。

请你不要以为金子只能做金牙，金子还可以做耳环、项链。在古代，可汗用金子做马鞍，臣民因此尊敬可汗。我进入图里古尔的口腔是在甘旗卡的牙医诊所由牙医操作的，不是自己飞进他嘴里的。那不叫粘，叫镶嵌。图里古尔为了镶嵌我，卖掉一匹马、一头驴、一只老母猪。他说值得。当然值得，这些东西怎么能跟金子比呢？

图里古尔镶金牙那年三十三岁，他今年九十三岁。我在他嘴里待了六十年，依然金光闪闪。我向你透露一个秘密，请你不要外传。镶金牙让人长寿，镶上金牙用不着刷牙，省牙膏。因为金子有消毒的功效。

图里古尔镶上金牙后变得爱笑了，他的人缘越来越好，这多幸福呀！最后那个问题我不想回答。图里古尔老了，我愿意永远和他在一起，相伴一生。

尊敬你的图里古尔的纯金的金牙

椴木碗给四胡写信

亲爱的四胡,你好!我一看见你挂在墙上的样子就想笑,此刻你如此静默。你的主人敖木涛拿起琴弓拉琴,你的嗓门多么响亮,一会儿高声喧哗,一会儿低声絮语。在万度苏草原,你最擅言说。草原的喜怒哀乐、历史的金戈铁马都化为你的琴声袅袅而逝。你的琴配上敖木涛说唱乌力格尔嘶哑的嗓音,谁都会说珠联璧合。乌力格尔是故事,是伴随琴声和韵律讲述的历史。它是一幅长长的织锦,上面绣着英雄格萨尔王的事迹,绣着英雄江格尔的事迹。你的琴声是这幅织锦的丝线,如果没有你的声音,说唱的历史就凝固了,静默如石。

恍惚间,听乌力格尔说唱的牧民们觉得历史上两军厮杀原本也带着四胡的伴奏，否则不激烈。青年男女在月下幽会，边上也要有说唱，否则他们不相爱。

四胡，你的琴声嘶哑，敖木涛的声音更嘶哑。你是怎样做到的？是模仿榆树粗糙的树皮吗？还是模仿沙坨子随风扬起的沙砾？亲爱的四胡，只要你响起来，村里的牧民就都会走过来，他们走路一拐一拐的。把头发掖进蓝色解放帽的蒙古族老太太、脸膛被高原的太阳晒黑的牧羊人、戴银手镯的年轻媳妇，都来到敖木涛的家里听乌力格尔。

你的琴声一响，牧民的面庞变得肃穆。他们知道，历史将要走进他们心里。他们眼前出现格萨尔王使用的兵器。王的金刀镶嵌着一排珊瑚，白银刀柄镶嵌着比白银更白的珍珠；王的镂空紫金冠上插着孔雀的独眼羽毛，镶嵌着砗磲、玳瑁、琥珀，还有牛头大的夜明珠；王的胡子垂在地上，拐了七个弯；王的眼睛怒视，让山体崩裂；王的牙齿比贝壳还白，能咬断水桶粗的榉木。啊，格萨尔王登场了。他还没战斗，就已经让妖魔瑟瑟发抖。等他从佩戴金银珠宝的枣红马的鞍子上跳下来，河水扭头倒流，山坡的红松纷纷折断。啊，格萨尔王大步往前走，山峰为他让开道路，飞鸟在空中排成两行队列。老虎、豹子、黑熊伏地叩首，但不能阻碍格萨尔王咚咚的脚步。啊，格萨尔王举起了手中的金刀，金刀闪耀的光芒让太阳暗淡。月亮跌落山谷，星星从天上飞下来钻进格萨尔王的战袍，变成珍珠。

格萨尔王无须战斗就取得了胜利，他是胜利的另一个名字。格萨尔王没有开口说话，天地已经变得和谐光明，鸟兽安居乐业，唱啰里啰唆的歌，跳圆圈舞。于是，格萨尔王重新骑上枣红马，驾着祥云飞往须弥山。

牧民惊呆了，他们表情愚痴，久久不能恢复正常。这不怪他们，只怪格萨尔王太英勇了，也要怪你的琴声高亢、婉转、深情，还有嘶哑。如果不嘶哑，就显不出你竭尽全力，更显不出你对王的景仰。牧民知道敖木涛对格萨尔王的描述很夸张，他们宁愿相信这全是真的。如果说书人骗你，你却不愿意被骗，这该有多么固执，你还等待谁来骗你呢？快相信吧，这是最愉快的一场欺骗。

敖木涛抽烟休息，牧民交头接耳谈论格萨尔王的事迹。他们有什么好谈论的？牧民从未见过格萨尔王。草原上见过格萨尔王的只有你和敖木涛。

亲爱的四胡，你这么神奇，我被你迷住了，但你现在挂在墙上。枫木琴柱边上绷四根琴弦，共鸣箱蒙着蟒皮，紧弦的四个弦钉像黄色的小梢瓜。你身上没有珍珠、玛瑙、砗磲、玳瑁，你手里也没有银柄的金刀，但你心里藏着英雄的梦想。你梦想自己有一天飞起来，让老虎叩首，让青山让路，然后你骑着祥云，直奔须弥山而去。

你的主人敖木涛很像个英雄。他上唇留着灰白的胡髭，鹰钩鼻子被烈日晒得粉红。野鸡和狗獾见到他也会伏地叩首。敖木涛夏天戴草编的礼帽，冬天戴灰呢礼帽，还戴一副茶色平光眼镜，上衣兜别两管早就没有墨水的钢笔。他这样像不像一个军师？像不像一个宰相？

敖木涛唱乌力格尔的时候，眼睛眯在一起，他不唱，眼睛也睁不开，这是喝酒造成的。唱到格萨尔王让高山低头、河水回流时，敖木涛有意拉长尾音，一排白牙非常漂亮，牧民为此陶醉。我现在想起这个情景仍然感动，更不要说屋里飘着旱烟的蓝雾，小黄狗在人们脚下钻来钻去。牧民把红茶碗端起来，喝一口放下。年轻媳妇嗑葵花子，往地上吐雪白的葵花子皮。这才是生活本来的样子，他们为此感恩格萨尔王，感恩敖木涛和你。夜复一夜，享受温馨时光。

　　亲爱的四胡，你知道你的兄弟二胡吗？他生活在黄河以南的地方。你的琴声像嘶喊，他的琴声像歌唱。你们同样蒙着蟒皮。为什么是蟒皮呢？是不是你在乌力格尔里唱过很多妖怪，只有大蟒才能震慑他们？你嘶哑的琴声是怎样练成的？不往琴弦上抹松香，琴声就嘶哑吗？敖木涛嗓音嘶哑又是怎么回事？是不是他喝的酒都是假酒，才会发出乌鸦一样的音色？这些问题你可以不回答，我只是一个椴木碗，并不懂音乐。我只是跟你聊聊天，说错的地方，请别见笑。

崇拜你的椴木碗

四胡给椴木碗回信

　　亲爱的椴木碗，你的来信我收到了。我早就注意你了，你是椴木碗，有好看的花纹。敖木涛早上喝奶茶，端起你喝一口放下，再端起来喝一口，再放下，每天早晨重复一百多次。我见过椴树，他多么高啊！高到二十多米。再健壮的蚂蚱也跳不到二十多米高，毛驴尥蹶子也够不到椴树的树顶。椴树的花好看，洁白芳香，花蕊像一根根白蜡做的火柴棍。椴树蜜有名，椴木做的碗花纹美丽，比琥珀的花纹清晰，比蝴蝶翅膀上的花纹好看。我这样热烈地表扬你，是因为你刚才表扬了我。

　　你说我有英雄的梦想，你说对了，在这个世界上，我只爱英雄。如果身边没有英雄，就爱古代的格萨尔王。你想想，一个正直的四胡怎么能为那些乱七八糟的故事伴奏呢？那些撒谎的人、借钱不还的人、吃完饭不刷碗的人、上别人家串门顺便偷走一根大葱的人，我瞧不起他们。我不会歌唱他们，即使敖木涛使尽力量赞颂他们，我也不配合。我会让每一个音符都乱套，让音乐听起来像妖怪的喊叫。

亲爱的椴木碗，我羡慕你每天都能喝到奶茶。我没尝过奶茶是什么滋味。奶茶甜吗？是不是像椴树蜜一样甜？黄甲虫告诉我，奶茶带咸味和牛奶味。他说他趴在碗边喝过奶茶。我不太相信黄甲虫的话。奶茶应该用蜂蜜煮才对，怎么能放盐呢？如果真是这样，证明熬奶茶的人没品位。

敖木涛家的白瓷碗盛米饭，盛猫耳朵汤，盛炒米。而你是椴木碗，只盛奶茶。奶茶里的油把你滋润得黄澄澄的，像一块刚从树上割下来的松香。敖木涛喜欢松香。他把松香放在鼻子底下闻，打一个喷嚏。他说他下辈子如果当不了人，就去当一只松鼠，躺在树洞里，在松香的香气里入睡。敖木涛把松香抹在琴弓上，琴声明亮，声音传得远。抹了松香之后，我感觉自己轻飘飘的，好像喝醉了一样。

你问为什么用蟒皮蒙共鸣箱，这里面有一个故事。蟒蛇是一个音乐家。你没听过蛇唱歌吧？那是因为你听力不敏锐。世上所有的生物都会唱歌。大蟒蛇用低音歌唱时，蒙古栎树的落叶微微颤抖。小绿蛇唱纤细的童音，他歌唱的时候，百灵鸟在空中起舞。只可惜人类的耳朵听不到蛇的歌声。人类的听觉神经只能解码一部分频率。比如说，他们能听到狼嚎、虎啸、人的声音、四胡和马头琴的声音、马嘶与牛羊的喊叫。没了，只有这些，太少了。

大自然的万物都在发声。杨树的歌声清脆，柳树的歌声缠绵，山丹花的歌声很甜蜜。如果你有着敏锐的听觉，你会听到云彩的声音像吹口哨，桥梁的声音嘎吱嘎吱响。只可惜人类听不到这些声音，而且他们不知道他们听不到这些声音。他们对听到这么少的声音很满意了，所以我们不能批评他们。可是，最聪明的人知道蟒蛇的听觉敏锐，就用他的皮蒙四胡、二胡和三弦的共鸣箱。蟒皮收集了自然界所有的声音，传递到琴弦上，发出不一样的音阶。看似是敖木涛在歌唱，其实是蟒皮在歌唱，这个秘密只有我知道。

亲爱的椴木碗，下面我们聊一点什么呢？对了，咱们聊一聊琴弓吧。你已经看到，琴弓上有一绺丝线。这是什么丝线？我来告诉你，这是马尾。马跑得最快的时候，尾鬃像一只翅膀蓬松的雄鹰。用马尾做琴弓，四胡的声音刚劲、辽阔，有感情。

马最重感情。你见过马的眼睛吗？马的眼睛时刻有依恋之情。马觉得大地很好，天空很好，树木很好，河流很好，草地更好。他眨着长睫毛，忘情地看着一切，眼神依恋又晶莹。所以马也是一位音乐家，他的尾巴可以做弓弦。我的琴弓就是用白马尾巴做成的。蒙古族人最喜欢白马，成吉思汗的坐骑就是白马。人们都喜欢用白马的尾巴做琴弓。你看到了，我的琴柱是枫木。枫树的叶子在秋天变红。四个弦钩是榆木，用凿子凿出钩，涂上了清漆。

你说四胡身上没有镶嵌珍珠、玛瑙，其实敖木涛箱子里面有很多宝贝，有珍珠、麝香、牛黄、琥珀、珊瑚、翡翠，都很值钱。但这些东西不能镶嵌在四胡上，镶上去，四胡像一个拨浪鼓，很不好看。还是现在这个样子好。亲爱的椴木碗，我们先聊到这里。

喜欢你的四胡

花楸树给牛奶写信

亲爱的牛奶，我告诉你一则新闻，天上有三颗星星丢了。这三颗星星挨得很近，他们一直在天上，哪儿都不去，但现在没了。这让我很着急。

我是花楸树。你记得吧？主人舍日布在小四轮拖拉机边上给黑花母牛挤奶，拖拉机右边两米远就是我。你想起来没有？舍日布在我身上拴一根麻绳，另一头拴在羊圈上。他在绳子上晾晒从中间剪开的豆角。我们花楸树的嫩枝是红色的，带白色的茸毛，和牛奶一样白。树枝长大后，风就将茸毛吹走了。但我们秋天的果实像一堆石榴籽长在外边。舍日布的老婆蒙根花给黑花母牛挤奶的时候，你听到树叶哗哗响了吗？那是我们在鼓掌啊！我们在庆贺洁白香甜的牛奶来到人间。

　　亲爱的牛奶，虽然我和你隔着小四轮拖拉机和蒙根花，但你的香气仍然穿进我的毛孔。牛奶比任何花朵都香，你的香让我想起了自己的母亲。燕子说树木没有母亲，也许是这样吧。但我想象我没见过的母亲是一棵巨大的树，树枝像集市一样茂密，傍晚会哼唱摇篮曲。牛奶，我们崇拜你，虽然花楸树开的花也是白色的，但没有你白。如果花再白一点，还能像水一样摇晃，就和你一样了。

　　亲爱的牛奶，我是怎么知道三颗星星失踪的事的呢？昨天早上，舍日布用洋井的水为黄骠马冲凉，地上放着一台半导体收音机。平时，这台半导体收音机播放蒙古说书和广告，昨天早上突然播出这件事，说1952年7月19日，美国帕洛玛天文台在为天空的星星照相，发现有三颗星星消失了。五十多分钟之前，这三颗星星还在那里，后来就不见了。半导体收音机还说，从那一天开始，帕洛玛天文台的人开始寻找失踪的星星，一直找到前天晚上，也没发现他们的踪影。听了这个，我心里咯噔一下。我每天夜里都仰望星空，星星们像吹散的白色的蒲公英，飘荡在深蓝的大海上。但我太粗心了，没发现丢失了三颗星星。半导体收音机说帕洛玛天文台的人一直在寻找这三颗星星，他们找不到这三颗星星会被开除。他们会蹲在地上哭泣吗？一定会的。想起这一幕，我眼里就涌出泪水。仔细想一下，1952年，我可能还没有长出来，这样一想，我心里的自责才减轻一些。我怕是因为我的粗心，星星才消失了。

亲爱的牛奶，半导体收音机说这三颗星星互相离得很近，不到十角秒。如果他们是三个独立的天体，那么他们之间的距离不会超过五十光分（光五十分钟走过的距离），这大约是地球到太阳距离的六倍（六个天文单位）。我完全听不懂半导体收音机说的话，所以我不信这些话。我想和你探讨一下，这三颗星星去了哪里。你在我心目中不光香甜，而且仁慈善良，我觉得你暗中知道一切。

你说，这三颗星星会不会变成流星去了想去的地方，这种可能性大吗？我认为完全可能。我喜欢流星，我觉得他们是星星里的飞鸟，身上带翅膀，还能飞出弧线。星星如果不会飞，在天上待着有什么用处呢？第二种可能，天空的夜晚太热，这三颗星星跳进乌力吉木伦河里洗澡了。我这样说并不是造谣，上个月，乌力吉木伦河发洪水，河上飘着一个很大的白东西，摇摇晃晃，喜鹊说那是水文观测站刷着白漆的铁皮房子。我觉得更有可能是星星。第三种可能是什么？刚才我还记得，现在忘了。让我想一想，想起来了。这三颗星星降落到万度苏草原，变成了梅花鹿脊背上的白斑。我喜欢梅花鹿的白斑。牛奶，你是白的，我的花也是白的，都很美。但梅花鹿有美丽的鹿角，比咱俩好看。这三颗星星冲下来做梅花鹿的白斑，这是多好的归宿啊！但这只是我的猜想，亲爱的牛奶，请你理性地告诉我，这三颗星星去了哪里。

我听到半导体收音机播出的这则消息，情绪变得低落，这会影响我秋天结果，这些果实可能不红了。明年春天，我开的花也可能不再是白色，而是变成了淡黄色，这是过度忧虑的结果。我听到这则消息再度仰望星空，觉得星星的排列杂乱无章。别说少三颗星星，就是少十五颗星星也没人发现。这种混乱的局面，什么时候才能结束呢？我们能不能想办法让夜空中的星星像舍日布种的水萝卜缨子一样，横竖都成行？这样假如有一颗星星消失了，说明其实他只是藏在别的行列里。等待你的回信。

爱你的花楸树

牛奶给花楸树回信

亲爱的花楸树，星星可能藏在舍日布的家里。昨天中午，舍日布挪动渍咸菜的小黄缸时，我看到三只小白蛆蜷成一团在地面蠕动。你明白了吧？三颗星星化装成小白蛆潜伏在小黄缸下面。他们以为没人挪动小黄缸，可以潜伏到冬天。

还有一种可能，这三颗星星钻进母羊肚子里，变成小羊羔混进了羊群里。羊在广阔的草原上奔跑，吃带露水的青草，眼前是开不完的野花。这不比当星星好吗？第三种可能，星星变成了野山杏花，当然这是春天的事。你注意到没有？野山杏花是白色的，星星也是白色的。星星变成野山杏花之后，在枝头东张西望。虽然春天的天气还有点冷，野山杏花看到洼地里的青草一点点变绿，云母色的河冰变成黑色，开始融化。野山杏花看见狼群沿着博格达山的山脊行走，拖着沉重的大尾巴。狍子、马鹿、羊都害怕狼。野山杏花用不着怕狼。野山杏花有五个瓣，包拢嫩黄色的花蕊。用不了多久，蜜蜂就来到野山杏花上采蜜，他们用六只腿拨弄花蕊，像弹琴一样。野山杏花听到蜜蜂的嗡嗡声，昏昏欲睡。这一点也比当星星好，星星要守夜，没时间睡觉。

我觉得星星名气很大，但没什么本事。你听说过星星能做什么事吗？没有。他们什么也不会做，只是没完没了地待在夜空，这不是傻子吗？星星不会像乌力吉木伦河一样流动，不会像蜜蜂一样飞翔，不会像野山杏花一样散发着带点苦味的清香，不会像羊一样咩咩叫喊。他们什么都不会。哪怕他们像风滚草一样在草原上愚蠢地滚动也是好的，可惜星星连这个都不会。所以亲爱的花楸树，你不要因为三颗星星的失踪而悲伤，不值得。

下面说一下舍日布的半导体收音机。这个东西从早到晚一直在造谣。他在说卖化肥，卖种子，卖草料，卖杏仁乳，卖沙棘汁，但你如果按照他说的把东西买回来，你会发现这些东西一定是假货。半导体收音机还传播医疗消息，说一个人如果脱发，那是将要死去的二十六个征兆之一；一个人如果频繁起夜，说明这个人已经进入肾衰竭晚期。半导体收音机向你推销中药、西药。你如果吃了这些药，脱发更多，你怎么能相信他说的话呢？所以三颗星星消失不一定是事实。舍日布应该挥起铁榔头砸碎半导体收音机，指着被砸烂的电线和零件说，你是不是在造谣？半导体收音机会乖乖承认，说，我是在造谣。

亲爱的花楸树，我是牛奶。牛奶是世界上既馨香又温和的食物，时刻带着笑容。我们虽然来自母牛的身体，但事实上，牛奶是上天赐给人间的甘露。你记住，甘露都是洁白的，代表纯洁和宁静。牧民们闻到牛奶的馨香，脸上都是笑容。牛奶和他的兄弟们——奶豆腐、奶皮子、奶果子是蒙古包里重要的食物。没有这些食物，蒙古族人就说不出悦耳动听的蒙古语，也唱不出辽阔委婉的牧歌。如果你焦虑，去喝一口牛奶；如果你疲劳，去喝一口牛奶，你的心就会像一只合拢翅膀的小鸟安静地趴在自己的窝里。

清晨，牛群从牛栏里走到草原上吃草。母牛身后跟随着牛犊。牧民的屋檐的燕子窝里，大燕子边上趴着小燕子。但是你，孤零零地站在院子边。你身上拴着一根麻绳，远处有一片白桦林。你希望像小燕子和牛犊一样见到自己的母亲。

亲爱的花楸树，我理解你的心情。可是，天下所有的植物身边都没有母亲。他们还是种子的时候，被风从母亲身边吹走，越过山冈、河滩和草地，落地生根，长成一株草或者一棵树，身边没有母亲的陪伴。想起这个，我觉得每一株草和每一棵树都很可怜。可是对草和树来说，她们也想知道自己的孩子飘落到何方。风带走了草和树木的种子，从此天各一方。你想过没有，草和树有一位更博大的母亲，那就是大自然。无论风把种子吹到哪里，种子都在大自然的怀抱里成长。大地给他们水分，阳光赋予他们绿色，风雪让植物变得更坚韧。如果你感恩大自然，有风的时候，你低低头，大自然就领会了你的心意。

亲爱的花楸树，我觉得写信是一个好习惯。你给燕子写信，他会告诉你远方的故事。你给乌力吉木伦河写信，他会告诉你鱼虾的消息。你给蒙古百灵写信，他会教你唱歌。你不停地写信，字还会越来越好看，像一棵上过学的树。祝你一切都好。

爱你的牛奶

胡萝卜给蘑菇写信

　　亲爱的蘑菇，昨天下雨了，估计你们今天早上在花楸树林里散步。离这片树林不远处是美丽苏河，过了河是一大片枞树林，可能有更多的蘑菇在那里散步。亲爱的蘑菇，不下雨的时候你们躲在哪里呢？我想象你们和我一样，把身体藏在泥土里。我们胡萝卜头顶有一束绿色的缨子，就像潜水员的通气管一样可以辅助呼吸。你们呢？在不下雨的时候，你们一点踪迹都没有，躲藏得好神秘。

　　雨刚下，是稀稀拉拉的大雨点，打在花楸树的叶子上噼里啪啦响，零星的雨点洒在林中地面上。是雨的声音叫醒你们了吧？你们当时在土里睡觉。我猜想，你们不愿在下雨的时候出来，怕雨水淹没你们。你们只有一条腿，想跑也跑不掉，对吧？树林的雨水积攒多了会变成河流，冲卷枯枝败叶，还有石块，这让你们不舒服。所以雨停了才能看到你们的身影。

亲爱的蘑菇，你们戴着不一样的帽子，有的像斗笠，有的像一片奶酪，还有的像水手戴的宽檐黑礼帽。你们要去哪里？在花楸树林前面是一片卫矛灌木林，那里有集市吗？你们要赶到那里去卖自己吗？哈哈，哈哈哈哈，我是在开玩笑。我总觉得，你们只有一条腿，即使走也走不了太远，出不了那片花楸树林。

亲爱的蘑菇，我是胡萝卜。这个名字好听吗？在萝卜家族里，有白萝卜、青萝卜，而我是胡萝卜，但我并不姓胡。斑鸠说人参跟我们有亲戚关系，这种攀附是不必要的，只会越发显得自己平凡。我们做自己就好，想想看，所有胡萝卜都穿着橙色的连体裤，我们笔直，我们清脆，我们是含糖植物。

像你们一样，我们也重视自己帽子的样式。我们的帽子是绿色的，叶子有小小的分叉，远看像浅绿色的穗子。所有的胡萝卜性格都很好，我们健康，喜欢大笑。我们的心脏是浅红色的细棍，从头顶一直贯通到脚底，比我们的皮肤硬朗。我们还有什么呢？没有了，当一个胡萝卜很简单。对了，我们还有胡萝卜须，长在身体外边，比人参须子少很多。你看，介绍一个胡萝卜特别简单，几句话就说完了。

　　亲爱的蘑菇，我想知道你们的秘密。刚才说过，在下雨之前你们藏在地下。在黑沉沉的大地里，是不是白蘑菇藏在一个地方，黑蘑菇藏在另一个地方？你们在地下有洞穴吗？白蘑菇会通过洞穴去黑蘑菇家里茶叙吗？另外一个问题是，蘑菇为什么不长得更高一些？如果一个蘑菇长得像松树那么高，像一个亭子一样，该多有趣呀！那会招来松鼠、兔子参观，狼和狐狸也会仰望你们。那时候，你们的帽檐就成了屋檐。你们变成亭子后，动物们来到亭子下开会，没什么话说，就伸出爪子比一比，看谁的爪子白。下雨的时候，动物们到亭子下面避雨。这是很好的主意，你快长高吧。

　　狗獾说我们胡萝卜的气味不好闻，是吗？我闻过自己，很好闻呀！我们的气味有点像茴香（我们头顶的缨子也像茴香缨子），狗獾真没有品位。你们蘑菇的气味很清香，应该叫幽香（你对我使用"幽香"这个词感到惊讶吧？这个词有人听都没听过）。你们的香气好像来自身后，转过身，香气还在身后。我听说有人雨后到树林里把你们捡回家，用你们炖鸡肉，做汤。这没什么奇怪的，我们还被人剁成馅包饺子呢。可是，如果没人到树林里捡你们，

用不了两天，你们就消失了，对吗？在全世界，没有一种生物出现两天就消失。一株青草长出来，即使后悔了，他也只能待在那里，没办法消失。一棵红松长在悬崖上，虽然看着吓人，但他也要待在悬崖上，不能移动也不能消失。你们是怎样消失的？最好教教我。尽管我很喜欢眼下的处境，但我喜欢消失。为什么不呢？让人们费尽心思去猜好了。

蘑菇，你一贯神秘地生活，好像不愿意接受别人的评论。虽然我说了很多，但我话还没说完，我赞叹你的特立独行。在高大的树林里，你那么小，却骄傲地站在大树边上。你虽然没有树叶，也没有斑驳的树皮，但你并不自卑。这是对的，树叶有什么了不起？他并不是物种价值的全部。

雨后，被拦截在树叶上的雨水滴滴答答往下流，波浪式飞行的山鹁鸪发出清脆的歌声。花楸树林里多了一群客人，那就是你们。你们有家庭观念，一株大蘑菇边上，站着好多小蘑菇，戴同样的礼帽。蘑菇你好，如果我雨后到树林里去，一定去见你们，向你们脱帽致意。

亲爱的蘑菇，你也许想了解一点菜园的事情。我们的菜园并不大，四面围着胡枝子枝条连在一起而成的篱笆。胡枝子有刺，羊不敢钻进来吃菜。这么说吧，白菜在菜园里最有实力，他们数量最多。人类不管走到哪里，他们要做的第一件事就是种白菜，好像白菜是他们的近亲。他们吃白菜馅饺子、熘白菜。他们秋天把白菜放进水缸，压上石头，冬天吃。所以白菜很自负，他们丝毫没有减肥的想法，大宽叶子四处伸展，菜帮又白又厚。说起来你可能不信，白菜吃上去什么滋味都没有，像白开水一样。更难以置信的是他们的根须退化成了火柴棍儿。你知道，植物的精华都在根上。我刚才提到人参，这是很珍贵的药品，值钱的地方在他的根上。我们胡萝卜的营养也在根上。黄芪、甘草的药性都在根里。大白菜竟然没什么根，我要仰天长叹。这帮虚荣的大白菜为了掩盖自己没有根这个缺陷，在地面上极尽喧哗，烫着绿色的大波浪发型。每棵白菜都从心里翻出更多的波浪叶子，讨主人欢心。

菜园里还有大葱。进入仲夏，大葱直直向上的葱叶折下来，变得深绿，外面有一层白霜，很怪吧？你如果来到菜园，我劝你最好别跟葱说话，即使说话，他们也不会搭理你。他们的叶子是一根管子，这根管子到了顶端，变成封闭的尖。这让人百思不得其解。世界上所有的植物叶子都是摊开的，葱的叶子竟然是一根封闭的管子！谁知道他们在管子里搞什么，这从外边看不出来。葱叶碧绿，腰以下雪白，咬一口——不管是叶子还是葱白，都很辣。满族人在婴儿出生后第三天，用葱叶打小孩的屁股，叫"打打聪明"。他们嘴里念:"一打聪明,二打伶俐,三打明明白白。"这可能吗?菜园子里还有小白菜,他们像大白菜的仆人一样,不值得一说。菜园子里有韭菜,你可以把他们想象成葱,但叶子被压扁了,脾气跟葱一样。然后是我们胡萝卜。剩下的蔬菜,什么芹菜、大蒜、辣椒,不必一一介绍,他们太平常了。

菜园里有主人查干珊丹种的花,有波斯菊、指甲桃和一些叫不上名字的花。我最佩服波斯菊,他竟然能长到一米多高,细细的茎上长着一朵晃来晃去的粉色的花,而他的叶子也像茴香。波斯菊几乎像人那么高了,他似乎想把自己的花瓣献给人。风吹来,波斯菊细细的身体像蛇一样扭动,却不倒伏。他的花在空中颤颤巍巍,从左面移到右面,从右面移到左面,这真是一个奇迹。

亲爱的蘑菇,下次下雨,希望你从我们的菜园的土里钻出来,最好出现在我们胡萝卜身边,反正你不是人工种植的,好像到哪里旅行都可以。如果你来到菜园,我会对别的蔬菜说,蘑菇是我的朋友,我给他写过信,好吗?我期待你的回信。

你永远的朋友胡萝卜

蘑菇给胡萝卜回信

　　亲爱的胡萝卜，我收到你信的时候，树林又下起一场雨。你知道，我们蘑菇不喜欢被雨浇到，我们的伞吸收过多的水分会膨胀，这样我们旅行的时候就拖不动脚了。好在这场雨已经停了。

　　对我来说，胡萝卜、白萝卜、青萝卜都差不多，你们都是萝卜。你提的第一个问题，问我们蘑菇在下雨前藏在哪里，很抱歉，这是秘密。每一个蘑菇都被告知不能把这个秘密泄露出去，但什么事情都有例外，还是有些蘑菇泄露了秘密，结果他们受到惩罚，变成了木耳。你看到了吧，那些木耳在柞树上长出黑黑的耳朵，像在倾听什么秘密。那些木耳原来是蘑菇，因为多嘴，变成了那种哆哆嗦嗦的黑东西。

胡萝卜先生，有人说蘑菇来自雨水，意思是说蘑菇乘坐雨水的马车从天上降到地上，这个说法很好哇，很浪漫，你觉得呢？还有一种说法，说蘑菇是密探，替野猪打探树林里的情况。真可笑，野猪想知道什么，自己来打探好了，为什么派蘑菇打前站？我要对你说的是，我们蘑菇喜欢旅行。今天你在额尔古纳河的白桦林里看到了一片蘑菇，明年这个时候，你在居延海边上又看到了相似的一片蘑菇。你说这两片蘑菇好像啊！我告诉你，他们是同一片蘑菇，额尔古纳河的蘑菇经过一年时间的跋涉来到居延海，从呼伦贝尔到达阿拉善。你也许会问，蘑菇只有一条腿，你们是蹦着到达阿拉善的吗？错，我们的旅行工具是风。

世界上多数生物所做的事是把自己变得庞大，比如红松，比如狼，他们变得庞大之后没法缩小了。你能想象狼变成一粒沙子，被风吹到闪电河边上吗？不能。而我们却能缩小自己，缩成一粒孢子，乘坐气流的飞船随便去哪个地方。如果那个地方不够好，就在风中去下一个地方。一般来说，我们喜欢生活在森林里。森林是个奇妙的地方。太阳升起来，进入森林的光线不是一缕，而是千万缕。这些光线如千万支金箭从天空射到潮湿的地上。雨后，落叶松浅灰色的树皮变成黑色，树权上有松鼠跑来跑去，他们好像是迷路的游客。鸟儿们定期召开音乐会。听鸟儿歌唱是我喜欢森林的首要理由。羞涩的白腰杓鹬的叫声清脆，白鹡鸰叫声委婉，戴菊莺的叫声胆怯。在森林里你看不到这些鸟儿的身影，只能听到他们用歌声相互交流雨后的感受。森林比你们的菜园子大好多，如果我说森林比一万个菜园子都大，你不惊讶吧？我并不劝你相信，但事实如此。你在信中介绍了菜园的白菜、大葱、韭菜等，这不算什么。森林里的植物多得数不过来，我左面的柳叶绣线菊开一大片粉花，真漂亮。

亲爱的胡萝卜，你想理解蘑菇的话，就把我们想象成一只褐色脊背的白鸟，别把我们当作植物。所有的植物都是大地上固定的居民。红松、大葱都是如此。他们像中了定身术，永远站在一个地方。蘑菇不是树林里的一棵树，也不是草原上的一株草。我们像特工一样出现在你想象不到的地方，在森林，在路旁，在城市的墙角，连楼房顶上也有我们的身影。我们是不是在进行秘密的调查任务呢？我不能向你透露细节。

人们说小蘑菇像麻雀，大蘑菇像喜鹊，你走近的时候，他们不飞。这件事怎么说呢？蘑菇总归要飞走，出现在你们猜想不到的地方。无论冬夏，我们蘑菇走到哪里都戴着礼帽，呵呵，这是一种礼仪。在一片青青的草地上，站立着一个戴黑礼帽的蘑菇，而他的身体雪白。这是一种传统，但现在比较少见了。

除了黑色、白色以及褐色的蘑菇，还有戴鲜艳彩色帽子的蘑菇。留神了，诸位，对你们来说，这些蘑菇有毒。他们用彩色帽子提醒你，警告你，但没暗算你。

亲爱的胡萝卜，你邀请我去你们的菜园，我有点犹豫。你们这些蔬菜按团体操的样式长在菜畦子里，我不知道应该站在哪一排。对一个蘑菇来说，自由比整齐更重要，而你们认为做操更重要。你们这样做一定有你们的道理。替我问候你的伙伴们，他们是白菜、大葱、小白菜、辣椒等，替我向高高晃动的波斯菊致意，他不是一棵树，在风中摇晃却不跌倒，一定拥有神秘的使命。大地上所有的植物都领有神秘的使命，他们从来不会把自己的使命告诉别人。

你的朋友蘑菇

白唇鹿给楚玛尔河写信

亲爱的楚玛尔河，我去过你的源头。

八月，可可西里山脉的黑脊山依然披着白雪的铠甲，铅灰色的积云像簇拥在群山身后的屏风。你的溪流从黑石的缝隙悄无声息地流出来。水声细微，不想打扰巨大的寂静。溪流淙淙下山，由小变大，盘踞延伸，像龙的爪子攫住了可可西里荒原。

楚玛尔河，你每一道溪流聚集着每一座雪山的积雪。溪流们听从雄鹰的呼唤，去见藏羚羊，见雪豹，见黑颈鹤和西藏沙蜥。他们见到了紫花针茅、驼绒藜、灌木亚菊和冻原白蒿还见到了微咸湖和盐湖。楚玛尔河，你头顶的白云是雪山派来的信使，把你的行踪早早告诉了叶鲁苏湖。

亲爱的楚玛尔河，雪山是凝固于云端的白云母，你是流淌于荒原的黑水晶。没有你，大地多荒凉啊！你不流，天上就没有鸟儿飞过，云彩也来不到这里。这里是高原，白云飘动都要停下来喘口气，你为什么流淌得匆匆忙忙？

我知道，你是可可西里的母亲，急切地寻找荒原上的每一个生命。从雪山流下的每一滴水都能绽放成棘豆的紫花，水滴在花朵里舞蹈。你今天是水，明天变成扁芒菊的叶子，后天变成藏羚羊的眼波。你流啊流，让河水变成金雕的翅膀，变成雪豹的花斑，汇入通天河，最后跨入万里长江。长江的白鸥嗅到了楚玛尔河的味道。

楚玛尔河，你为什么叫红水河？有一天早上，我看到霞光从雪山背后升起，像红鹰的翅膀笼罩大地。雪山的水变成了红色。我到河边小口喝水。红色的水进入我的血管，我跑起来健步如飞，好像得到了鹰的力量。

亲爱的楚玛尔河，我站在高高的山坡上凝视你，我站在刺骨的寒风里目送你。我不能送你送到长江边上。请记住我，如

果有一天你蒸发到天空，化为白雪降落到昆仑山上，再融为雪
水顺着这条河床流下来，你还会看到我。

我是给你写信的白唇鹿

楚玛尔河给白唇鹿回信

亲爱的白唇鹿，我认得你。冬天，你皮毛暗褐，人们叫你红鹿。夏天，你毛色变浅，人们叫你黄鹿。你有白色的嘴唇，好像衔着一朵雪莲花。

人们说可可西里荒凉，我觉得这里好美！雪豹是世上最美的动物。雪豹在悬崖的石缝上攀爬，远看像一只白秃鹫在盘旋。他的眼睛像宝石，回映着雪山的纯净。藏羚羊像奔跑的灌木亚菊的黄花，他们不是动物，是精灵。藏羚羊为什么匆匆迁徙？他们要和天上的白云赛跑，跟河流赛跑，看谁最先到达通天河。

在可可西里，雪山像蓝天那样一尘不染，他们是扣在一起的白璧和蓝璧，化为河流，滋润每一棵青草，拥抱中华大地，流进长江，汇入浩瀚的太平洋。

亲爱的白唇鹿，你是可爱的朋友。假如我重新从雪山流下，我会把山上的雪莲送给你。如果我是天上的白云，我会落在大地上，让你钻进云絮里安眠。如果我是一只雪雀，我就落在你背上，跟你一起漫游无边的可可西里。

夕阳把血红的余晖倒进河里，我披上红色的大氅。暮色里响起了斑头雁的鸣叫，伴随河水的轰鸣。黑夜，藏羚羊听到流水声，如同听到朋友的召唤，飞奔而来。

早上，我在乳白的晨雾里见到新的土地。白雾散去，鲜红的太阳升起来，我又变成了红水河，你看到了吗？

爱你的楚玛尔河

冻原白蒿给黑颈鹤写信

亲爱的黑颈鹤，我是冻原白蒿。高原荒漠的砾石地上，植物几乎绝迹了，但我还活着，身上长着柔软的白毛。我觉得我算一个英雄，比低海拔地区的参天大树还强悍。黑颈鹤，你想过没有，登上珠穆朗玛峰的人的体魄，是不是比低海拔地区的彪形大汉还要强悍？哈哈，我在表扬我自己。你不要觉得我在自吹自擂，这是幽默。在冻土带匍匐生长的白蒿是一株幽默的草，下面是正文。

亲爱的黑颈鹤，我崇拜你，可惜我永远成为不了你，你是高原的神鸟。高原上有雪山、荒漠、砾石地，没有花花绿绿的植物，但是有你。你飞在天空中，让雪山荒漠有了灵气。你有一颗鲜红的脑袋，像顶着宝石飞行。飞的时候，你把细腿折起来，像杂技演员。我第一次见到你，没弄清几只鸟在飞。你头顶红，脖子黑，翅膀是白的，好像一只雪豹坐在巨大的乌鸦背上。藏雀对我说，你见到喜欢的黑颈鹤时，会把头低下，发出"哥哥"的声音。对方也低下头，对你发出"哥哥"的声音。你们俩到底谁是哥哥呀？

　　亲爱的黑颈鹤，我有一件事想问你。你为什么叫黑颈鹤，而不叫红宝石鹤，也不叫折腿鹤？藏雀说你的名字是一位俄国探险家起的，他的名字叫普尔热瓦尔斯基。我不看好他这个名字。高原这么冷，他怎么能叫普尔热呢？我听说过普洱茶，那是云南人喝的茶饼，像干燥的黑蘑菇。我还听说过热瓦普，这是新疆的乐器。既然如此，俄国探险家为什么叫普尔热瓦尔斯基？他还给你起了名字——黑颈鹤，他说你脖子黑，这是表扬吗？我看不是。你应该飞到俄国找到那个探险家，让他收回这个名字。你的名字由我来取——红宝石鹤，你觉得这个名字怎么样？不管你同意不同意，我在信里叫你红宝石鹤了。

　　亲爱的红宝石鹤（以下简称红宝），传说中你是格萨尔王的牧马者，这是真的吗？如果是真的，那你太了不起了！你一定见过格萨尔王，他是伟大的王。亲吻一下他走过的土地，我都感到幸福。而你为他放过马，何等荣耀！我还有一件事问你，你每次下蛋都下两个，你为什么不下三个蛋、四个蛋、六个蛋呢？我喜欢小黑颈鹤。我没下过蛋，我猜你不愿多下蛋是因为下蛋累。藏雀告诉我，他们下一个蛋需要一天时间，下两个蛋要用两天的时间，这确实太累了。

红宝啊，好久没见你在天空中飞翔了。褐背地鸦对我说，你每年从若尔盖的花湖起飞，经过草海，去乌蒙山的湖泊过冬。你好厉害。藏雀说褐背地鸦说得不对，你是从通天河起飞，飞越横断山脉，在那里的高山湖泊过冬。他俩谁说得对？我觉得黑唇鼠兔说得最对，他说你不是一只鸟，是神仙，你想到哪里过冬就到哪里过冬，而我们看到的你，是你三十六个化身中的一个。

亲爱的神仙，你除了化身黑颈鹤，还会化身什么？藏羚羊是你的化身吗？藏雪鸡和黑唇鼠兔也是你的化身吗？也许你还能化身为悬崖，化身为一片最小的雪花。我特别羡慕神仙，想干啥就干啥，不像我，只能趴在这里。

红宝朋友，我的信有点杂乱，请你谅解。期待你的回信。

爱你的冻原白蒿

黑颈鹤给冻原白蒿回信

亲爱的冻原白蒿，你的各种猜测只猜对一项——我是格萨尔王的牧马者。你们觉得格萨尔王只是一个传说，在史诗里，在寺院的壁画上。而我是格萨尔王的随从，见过真实的大王。

说起来你可能不信，此刻我就在格萨尔王的身边。大王坐在唐古拉山南麓的巨石边上煨桑祭神，香气弥漫山谷。大王身材宏伟，他只比山峰矮一点，身上披着金光。他的眼睛比水晶澄澈，盛满大海一般宽广的慈悲。他海螺似的卷发比松针茂密。他的手臂可以举起一座高山。我站在他身后，边上是大王的十三匹神马，每匹神马各自率领无边的马群。在我身旁，青草像地毯一样铺向天边，野花在风中微微颤抖，仿佛听到了楚玛尔河的流水声。冻原白蒿，你为什么不长在这里呢？所有的草仰头就能看到格萨尔王，听到海潮一样的诵经声。

亲爱的冻原白蒿，如果你没有缘分见到真实的格萨尔王，你可以变成一只小鸟，去玉树州囊谦县的达那寺，寺内有格萨尔王的金鞍、金甲和宝刀。阿尼玛卿山脚下有一块巨石是格萨尔王的煨桑台，你也可以去看一下。如果你变不成小鸟，就久久盯住云端。如果飘来一朵镶金边的乌云，那就是格萨尔王的战车。车上坐着大王。

冻原白蒿，我不喜欢红宝这个名字，听着像一颗丸药。你说的俄国探险家、折腿飞行之类的，都是小事。你纠缠在这些小事里，永远看不见天上的格萨尔王战车。说到迁徙，我有两条路线。一条是从若尔盖飞到乌蒙山的高山湖泊，另一条是从通天河飞到横断山的高山湖泊。你以为我去那里过冬吗？你想错了。我去那里是为格萨尔王牧马。冻原白蒿，你想象不出乌蒙山的高山湖泊有多美，茂密的森林边上是青青的草地。格萨尔王的神马吃得膘肥体壮，徜徉在黑松林，听小鸟歌唱。红色带黑斑的甲虫爬到草叶的最高处向神马致敬。神马低头闻了闻甲虫，说唔唔唔。我就站在神马边上，牧马的鞭子是一根白桦枝，上面挂着水晶铃铛。召唤神马的时候，我摇晃这根白桦枝，神马跑过来跟我亲切贴脸。神马吃饱了，躺在林间休息。我起身飞到横断山的高山湖泊照看大王的另一群马。不用说，横断山高山湖泊的景色同样美丽，而且浆果比乌蒙山多。实话说，我更喜欢横断山。

冻原白蒿，我为格萨尔王牧马，你可能觉得我是神鸟。在我心目中，万物皆有神灵。一株草，身体里如果没住着神灵，怎么能在寒冷的高原生长呢？花朵就是住在这株草身体里的神灵，开花是为了出来透透气。你身上也住着神灵，所以你能在高海拔的冻土带活下来。难道不是这样吗？你看，大王的神马越过了山坡，我要去照看他们，这封信就写到这里。希望还能收到你的信，亲爱的冻原白蒿，再见！

爱你的黑颈鹤

"

在沙粒和星斗之间：
写给青草、甲虫及所有沉默生命的万物共情录

"

一、孤独者的童年：与万物对话

我童年的时候很孤独，常常站在远处看其他小朋友玩耍，不敢凑近。我长时间坐在自己家的窗下，看我所能看到的一切——天上的白云是我最熟悉的朋友，前一波云飘走了，后一波云又来到。我家西山墙有一根木质电线杆，我时常抱着它，把耳朵贴在上面听电流的嗡嗡声，看小蚂蚁爬进电线杆的裂缝里，等它们爬出来。我像地质学家那样观察屋檐下被雨水冲洗光洁的石子，看它们的花纹；看天上的飞鸟，看在紫色的茄子花间穿梭的蜜蜂。因为孤独，在路上看到一块砖头，也捡起来端详它的正反面。我独自上学、放学，没人与我为伴。在童年，除了人类，所有沉默的东西都是我的朋友，包括树、屋檐下的蜘蛛、洋铁皮水桶，甚至垃圾堆里捡到的香烟盒与火柴盒。我最羡慕的朋友是麻雀和燕子，它们矫健、自由。这些

"朋友"平等待我，给我莫大的安慰。

在《万物有信书系》里，我写了有生命的花楸树、落叶松、波斯菊、胡枝子、蝴蝶、灰兔、野鸽子、母鸡、黑颈鹤等动植物，也写了无生命的拴马桩、门、银镯子、酒盅、闪电和北极星。它们彼此写信，袒露心中的秘密。事实上，这150多位写信者和回信者——无论炊烟、太平鸟、苔藓、土拨鼠还是摇篮——全是我。我用花楸树的眼睛、落叶松的眼睛、土拨鼠的眼睛、蝴蝶的眼睛，甚至没有眼睛的闪电之眼、风之眼、门之眼，重构童年的世界。在每一种视角里，世界都不相同。这些信层层叠叠交织成美丽新世界：那里有温暖的太阳、鸟儿的歌唱、清冽的流水声。我穿过这些动植物与无生命物的躯壳，回到了最纯净的童年。

二、笨拙者的觉醒：自卑与永恒的尺度

童年的我很愚笨，做不成一件玩具。你想象不到，我们童年的玩具都由自己制作。你更想象不到，家属院孩子手里拿着自制的弹弓、木质手枪、冰车等玩具时，他们有多么自豪，而我有多么沮丧。让我伸手摸一摸他们别在腰间的木质手枪，我都很幸福。但我做不出这些玩具——我不会用锯，也不会用斧子、凿子。我腰间系着一条布带子，但上面没有玩具枪，这

是何等失落！更不安的，是我在童年就认识到自己的愚笨。当你知道自己是个笨人时，直接的后果就是自卑。自卑像一个影子，时刻跟着你，无论做什么尝试，自卑在心里先发言："你不行。"于是我缩手缩脚，感到自己很失败。

但衡量一个人的尺度不可能永恒不变。在我童年时，这些尺度一会儿是冰车，一会儿是木质手枪，再一会儿是墙上奔跑，掏鸟窝；长大后，这些标准又变成上大学，到好单位上班，当科长……不断出现新标准，永不停歇。但有一天，我发现有一样东西对人生最有用——它看不见，摸不着，甚至不会被人发现，那就是有一颗善良、正直、温柔的心。它是品质，不是技能，经得住时间淘洗。

三、弱者的哲学：在尘埃中看见星辰

我倾心于那些弱小的生物。正像我在童年所体悟到的：青草、甲虫、蚂蚁虽然会被人踩在脚下，但它们生得多么美丽！反过来说也一样，我对那些看似强大的"统治者"没兴趣，我觉得他们不美，也不聪明。昨天早上，我坐在园区的木椅上等一阵风把暮春的桃花瓣吹到我肩上。这时，一只甲虫昏头昏脑地撞我脸，摔在地上（甲虫摔在地上，不是我）。它昏迷了一小会儿，翻过身来慢慢往前爬。我看着它光洁圆润的甲壳，橙

色带着黑点，世界上没有哪一种漆比甲壳更亮。它慢慢爬着，径直飞到空中。这就是童年时我遇见的那只甲虫，今天看到了我，跟我打了一个莽撞的招呼。

在这套书里，我也流露了我所信奉的"弱者哲学"：这个世界不由强者支撑，而由弱者担当。弱者更懂得对方的心，懂得友善与合作；他们知足、自信，身上有朴实的美。翻开这本书你就知道——那些小的弱的角色在人所看不到的地方活得有声有色。

四、想象力的救赎：在平凡中构筑神话

我每天早上醒来，看窗外看到的都是同样的景物，家里所有的陈设一如既往，桌子永远在桌子的地方，上面并没站着一只红胸花背的鸟。晚上钻到被子里，被窝里也不会有一封写在鲨鱼皮上的邀请我当海盗的密信。我不甘心这个世界的单调，力图进入更丰富的世界——像你们在这本书里看到的：百灵鸟、白唇鹿、四胡、水獭、母鸡、花楸树过着何等有趣的生活！我愿意用笔构筑一个比我所住的世界更有趣的世界，成为其中一员。

五、艺术的触觉：通感世界的色彩与声音

我小时候自学过绘画、雕塑，还自学过作曲，我对事物的形态、色彩有兴趣。因为学音乐，我对节律和声音敏感。我不满足于写一个故事，我想把故事的背景写出来——写一棵白桦树，要写出它背后高大的冷杉和云杉，白桦树脚下有开紫花的唐松草。写每一个故事，我愿意把声音写出来：流水声、风声和鸟的歌唱。没有色彩和声音的大自然何等苍白！我希望这套书中的万度苏草原和真实的大自然一样生动。

六、民间记忆：精怪世界的复活

我喜欢民间故事和神话传说，我的曾祖母给我讲过好多故事。它们在我笔下复活了，或者说一直活在我的心里。所以，动植物们相互写信时提到民间故事和神话传说，这很自然。如果我是一棵树，我也要想：哪里有妖怪？妖怪在做什么？你不能想象偌大的万度苏草原没有一个妖怪。这些妖怪可爱又怯懦，白天藏在山洞或蒙古栎树的落叶里，夜晚出来唱歌跳舞。

七、永恒的架构：想象力即神性

支撑这本书的架构是想象力。世上的金钱财富都有尽，唯想象力无尽，这是人类最宝贵的财富。我小时候曾崇拜

肌肉发达的人，跑得快、跳得高、打架厉害的人。他们当年作威作福，后来全都默默无闻。他们没掌握持续发展的能力——这种能力不是会打架，有钱，有人脉，甚至不是数学、物理功课好，而是想象力，它是创新能力的代名词。这本书会带你遇到无法想象的场景、角色和故事，不为别的，只为激发你的想象力。

八、尾声：万物皆故事

我喜欢故事。我觉得每一只蚂蚁、每一只甲虫、每一片树叶都有故事。在这本书里，所有的故事都暴露在大家眼前：动物那么腼腆，昆虫甚至羞涩，树木也会发怒，云彩很笨，野兔比人更重视友情，绿头鸭时时刻刻惦念着岸上的白桦树。是的，每一封信里都有故事。这150多封信像云彩一样互相缠绕，构成一个让人流连忘返的地方——它的名字叫作"万度苏草原"，所有的动植物都在那里等你。

鲁迅文学奖 ｜ 骏马奖 ｜ 中国好书奖

得主 鲍尔吉·原野

 ## 获奖感言

　　我经常去牧区采访，原本是想搜集写作素材，可是跟牧民们接触之后，被他们的善良、诚实和单纯打动，觉得搜集素材很可耻，索性扔掉采访本，跟他们同呼吸，共命运。我觉得这是比写作更重要的心灵洗礼。在赤峰市的牧区，吉布吐村为我一个人举办过篝火晚会，牧民们从很远的地方骑马骑摩托车过来，他们在篝火的火光里，一个一个地过来看我的脸，他们看得那么认真，我知道他们在看自己民族的作家长什么样子。我很不好意思，也感动，我庆幸夜色挡住了我的脸，没让他们看出我脸上泪水纵横。索布日嘎的牧民为我办过赛马比赛，我看到那些马跑得大汗淋漓，跑完被牧民牵着遛弯，我十分震惊，我真想像尼采那样抱着马大哭一场，写出什么样的作品才能享受这样的尊荣呢？这时候我明白了，一个民族要管好自己的吃和穿，自己的马和牛羊，还要找到自己文化的传承人。它不管这个人长相好看不好看，它需要这个人诚实和爱的心灵记录，同时会用你想不到的方式褒奖你。失败只属于个体的人，文学永远不会失败。